MY FAKE BOYFRIEND

De la même auteure dans la collection

Luv

Mr Alpha
I Want You in My Bed!

MARION LAURENT

MY FAKE BOYFRIEND

Luv

1

April

– Salut, lancé-je à ma colocataire en m'affalant à côté d'elle.

Une tasse de thé aux agrumes à la main, je recroqueville mes jambes sur le canapé. J'attrape le plaid en patchwork à l'effigie des plus grandes stars du cinéma américain et le déplie.

– Bien dormi ? me répond-elle sans tourner la tête.

– Hum, marmonné-je en bâillant.

J'ai fait une succession de rêves, tous plus fous les uns que les autres. Tantôt j'étais en voyage à Cancún à la recherche d'une frite géante, tantôt je déambulais à Paris à dos de poney. Je crois qu'il faut que je freine un peu sur les blockbusters le soir avant de m'endormir.

Je m'étire et jette un œil vers la télévision. Elle est allumée, comme toujours. Jennifer – Jen pour les intimes – est absorbée par la nouvelle série qui fait fureur sur Netflix. Je porte ma tasse de thé à la bouche et grimace. Beurk, j'ai oublié le sucre. Je me lève en soufflant pour en chercher et reviens prendre place à côté de mon amie qui m'annonce soudain :

– Gertrude a laissé un message sur le répondeur. On a un casting pour une pub aujourd'hui.

– Super, dis-je en me redressant. On doit y être à quelle heure ?

– À dix heures.

Chouette !

Je jette un œil vers l'heure affichée sur le micro-ondes. Il nous reste deux heures et demie pour nous rendre aux studios Cinespace. Si je compte la demi-heure de trajet en transport en commun, on est large.

Jen et moi, nous nous connaissons depuis la naissance. Ses parents et les miens, d'abord voisins, puis amis, ont eu la chance d'avoir une fille à une semaine d'intervalle. Jen adore d'ailleurs me rappeler qu'elle est la plus vieille de nous deux, mais je suis sûre qu'arrivée à un certain âge, elle s'en vantera beaucoup moins.

D'aussi loin que je m'en souvienne, on a toujours voulu devenir comédiennes. On a commencé le théâtre avant l'adolescence et nos études ont été dirigées par la même passion. À l'âge de 20 ans, l'opportunité d'intégrer une troupe de belle envergure à Londres se présenta, mais nous rêvions de cinéma. Nous avons donc quitté l'Angleterre, nos familles et nos amis pour traverser l'Atlantique. Nous aurions pu choisir Los Angeles ou New York, mais c'est à Chicago que nous avons posé nos valises. Il ne faut pas croire que la Windy City – la ville des vents – soit en reste au niveau cinéma. Elle est d'ailleurs très souvent le décor de films hollywoodiens, tels que *Batman Begins*, *Divergente*, *Ocean Eleven*, *Public Enemies*, *Top Gun* ou *Man of Steel*, pour n'en citer que quelques-uns – et j'avoue n'avoir choisi que ceux avec les plus beaux gosses du cinéma. Malheureusement, la concurrence est bien plus rude qu'à Londres. Pleines d'ambition et de rêves, nous avons un peu déchanté face à des comédiennes toujours plus expérimentées que nous – ou moins farouches. Depuis que nous sommes arrivées, nous enchaînons les missions de figurantes, mettant au placard nos aspirations de premiers rôles. Mais peu importe, tout est bon à prendre, du moment que cela paie le loyer.

Cela fait donc maintenant six ans que nous sommes installées dans le quartier irlandais de Bridgeport, dans un appartement que nous loue Gertrude, notre agent, une femme loufoque au possible, d'origine allemande, qui fume au moins deux paquets de Marlboro par jour et emmène partout Sammy, sa perruche borgne, nommée ainsi en l'honneur de Sammy Davis Jr, un chanteur comédien décédé en 1990 dont elle est fan absolue.

L'appartement n'est pas très grand, mais il nous suffit amplement. Nous avons chacune notre chambre avec une salle de bains à la plomberie capricieuse et une pièce principale qui regroupe salon et cuisine ouverte. Il était déjà meublé quand nous sommes arrivées, ce qui nous arrangeait grandement. Un vieux canapé en tissu gris trône au milieu du salon en face d'une télévision – qui fut notre premier achat grâce à des rôles de figurantes dans un film de zombies – et d'une table basse sur laquelle nous prenons tous nos repas. La décoration se limite à des affiches que nous avons accrochées sur les murs, à quelques photos de nos escapades et à plusieurs souvenirs que Jen aime rapporter – de façon plus ou moins légale – des plateaux de tournage. Nous avons par exemple un vase appartenant à la série *Empire*, une horloge de l'hôpital de *Chicago Med* ou encore un parapluie ayant servi sur le tournage de *L'Exorciste*. Je râle à chaque fois que Jen revient avec quelque chose, mais je dois avouer que cela constitue notre petit trésor.

Quant à Bridgeport, c'est un quartier animé qui abrite divers restaurants, espaces artistiques et parcs. Il est surtout connu pour accueillir les matchs des White Sox – l'équipe de base-ball – d'avril à octobre. Ce n'était pas mon quartier de prédilection, mais au final, je l'aime énormément.

– C'est une pub pour quoi ? demandé-je à Jen.

Je suis curieuse de savoir ce que je vais avoir à défendre comme produit. C'est toujours un peu la roulette russe, car cela peut être tout et n'importe quoi.

– Un produit contre la sécheresse vaginale, me répond-elle, très naturelle.

Super…

C'est bien ma veine. J'ai horreur de jouer la comédie quand le sujet me concerne. J'ai toujours tendance à me dire que je suis en train de dévoiler une partie de moi et je déteste ça. C'est d'ailleurs très déstabilisant. Je n'aime pas parler des choses intimes et ce « petit problème » m'a toujours enquiquinée. On ne peut pas dire que je sois une super mouilleuse. J'ai même tendance à choper des infections urinaires après chaque rapport si je ne prends pas ensuite une gélule de *cranberry*. Il est évident que si Gertrude nous avait prévenues un peu plus tôt, j'aurais refusé. Mais je me retrouve devant le fait accompli et je vais devoir me faire une raison. D'ici un peu plus de deux heures, je vanterai les mérites d'un lubrifiant vaginal – et avec le sourire en plus.

Ce ne sera pas la première fois que je chante les louanges d'un produit intime. Le dernier casting pour lequel j'ai décroché le rôle était pour des fuites urinaires post-accouchement – bien plus facile à jouer pour moi, du coup. Mais, maintenant que j'y réfléchis, j'imagine que Gertrude a dû penser que j'avais enfin trouvé mon style. J'inspire profondément et secoue la tête. Non, vraiment, ce n'était pas ce à quoi je m'attendais quand je rêvais du septième art hollywoodien.

Je reporte mon attention sur l'écran de télévision et découvre un bellâtre dans un costume d'époque arrivant sur un cheval. Devant son charisme et son sourcil arqué, j'en oublie rapidement les fuites urinaires et la sécheresse vaginale. J'attrape ma boîte de Clonidine et avale mon cachet quotidien. Je suis atteinte du syndrome de Gilles de La Tourette. J'ai été diagnostiquée à l'âge de 8 ans quand j'ai commencé à traiter ma maîtresse de connasse alors qu'elle venait de m'interroger au tableau. Même si elle l'avait mérité, ce n'était pas volontaire de ma part. Je n'ai que de légers troubles que j'arrive à gérer grâce à mes médocs. Enfin, la plupart du temps, et si je ne suis pas stressée ou énervée. Dans ces moments-là, j'ai un peu plus de mal à me contenir. En plus des tics sonores et moteurs, j'ai développé aussi certains désordres comportementaux, mais je ne m'en sors pas trop mal, comparée à certains que ce syndrome empêche de vivre normalement. Et ce n'est que très occasionnellement que je me mets à dérailler.

Oh, tiens, le bellâtre a troqué son cheval pour des gants de boxe!

Je me cale un peu mieux sur le canapé en remontant le plaid et me plonge corps et âme dans l'univers de l'aristocratie anglaise en 1813.

***

– Putain, on avait de la marge pourtant! m'écrié-je en sortant au pas de course de la bouche de métro California.

Je regarde ma montre: 10h15.

Merde.

– Qu'est-ce qui s'est passé? crié-je à mon amie.

– Il s'est passé que tu es tombée sous le charme du duc de Hastings!

– Que je *quoi*? m'époumoné-je.

Mes bras commencent à battre l'air autour de moi et je sens le stress m'envahir. Nous remontons California Avenue et longeons Douglas Park.

– C'est plutôt toi qui bavais devant lui, repris-je.

– Et qui est-ce qui a demandé de passer à l'épisode d'après? me crie Jen, essoufflée derrière moi.

– Meeeeerde, ne puis-je m'empêcher de crier.

Quelques badauds se retournent sur notre passage. À notre droite, de magnifiques maisons coloniales aux briques rouges que nous avons à peine le temps d'admirer. À notre gauche, de grandes étendues d'herbe verte et un espace de jeux pour enfants. Nous bifurquons dans une rue après trois cents mètres et continuons notre course effrénée.

– Gertrude va nous tuer si on loupe le casting.

– Je sais, crié-je à bout de souffle.

Notre agent est loufoque, mais loin d'être souple. Elle ne supporte pas que nous ne nous présentions pas aux castings qu'elle nous trouve. C'est arrivé une fois après une soirée un peu trop arrosée, et alors que Sammy nous observait de son œil valide en picorant des graines de tournesol, Gertrude nous a fait passer l'envie de recommencer. Depuis ce jour, nous prenons soin d'arriver toujours en avance – excepté aujourd'hui.

Et je ne suis pas sûre que le charme du duc de Hastings soit une raison suffisante pour elle.

Mes jambes brûlent, mais pas autant que mes poumons. J'ai l'impression que l'oxygène se transforme en acide et je n'en peux plus. Je n'ai pas couru comme ça depuis le lycée et je comprends mieux pourquoi maintenant.

– Allez, on y est presque, repris-je pour nous encourager.

Juste devant nous, j'aperçois l'entrée des studios Cinespace Chicago. Nous faisons un signe au gardien qui commence à nous connaître et nous laisse passer. Un grand bâtiment en verre se dresse sur notre gauche. C'est là que nous avons rendez-vous. J'aperçois un peu plus loin les immenses hangars blancs dans lesquels j'espère un jour tourner, mais Jen me tire par la manche.

– Grouille !!

Nous nous présentons à l'accueil, rouges, en nage et énervées. La standardiste – une rouquine aux yeux verts absolument splendide – jette un œil désapprobateur vers l'horloge et fait une petite moue. Mes bras s'agitent et je sens l'insulte arriver.

– Cooooonnasse, dis-je sans pouvoir me retenir.

Jen se retourne vers moi avec de gros yeux ronds. Je perçois un léger sourire en coin se dessiner et je sais qu'au fond d'elle, elle a envie de rire, mais ce n'est clairement pas le moment. La standardiste se fige et relève la tête vers moi en me dévisageant, choquée.

Je suis sûre qu'elle est en train d'hésiter entre appeler le vigile ou se sauver en courant.

– Excusez-moi, dis-je en déglutissant pour tenter de me calmer.

– Elle est atteinte du syndrome de Tourette, faut pas lui en vouloir, lui explique Jen.

Je m'éloigne pour respirer profondément. Je ferme les yeux et tente de me concentrer sur quelque chose de calme, d'apaisant. Je sens mon rythme cardiaque reprendre peu à peu un battement normal. J'ouvre à nouveau les yeux et j'aperçois la fille de l'accueil passer un coup de téléphone, puis revenir vers nous.

– C'est bon, nous dit-elle en me jetant un regard méfiant. Le casting est au bout du couloir au deuxième étage.

Nous la remercions et repartons en courant.

– Tu es sûre que ce n'était pas volontaire, ton insulte? me demande Jen avec un haussement de sourcil.

Je la regarde, outrée qu'elle puisse penser une chose pareille. On ne plaisante pas avec ce genre de maladie.

Bon, OK, j'avoue l'avoir utilisée comme excuse pour quelques débordements de comportement. Mais à chaque fois, c'était justifié et mérité!

– Tu n'as pas pris ton médoc ce matin?

– Si, dis-je en respirant calmement, mais elle m'a stressée à regarder l'heure. On le savait qu'on était en retard, ce n'était pas la peine de nous le faire remarquer de façon aussi hautaine. Sa condescendance m'a agacée.

– En attendant, fallait voir sa tête, dit-elle en éclatant de rire.

Jen a toujours adoré mon syndrome. Loin de la mettre mal à l'aise, elle en rit la plupart du temps. Mais je crois que ce qu'elle aime par-dessus tout, c'est qu'il m'arrive très souvent de dire tout haut ce qu'elle pense tout bas.

Nous arrivons enfin au casting et avons à peine le temps de lire la feuille de dialogue posée sur une table basse qu'une femme passe la tête par la porte.

– Jennifer ?

– Oui ?

– C'est à vous.

Mon amie me regarde en croisant les doigts. Ce n'est pas que nous attendions l'opportunité de plaider en faveur de la lubrification vaginale depuis toujours. Mais nous sommes presque dans le rouge financièrement et cette rentrée d'argent nous ferait du bien. Alors que ce soit l'une ou l'autre qui décroche le contrat, c'est la même chose.

Je me lève et fais les cent pas dans la salle d'attente. Je prends le temps de respirer profondément et de calmer le feu qui ravage mes joues et mes poumons. Après quelques minutes, elle ressort, la mine déconfite.

– Alors ? lui demandé-je, inquiète.

– Pff, me répond-elle simplement.

– April, c'est à vous.

J'inspire profondément et entre dans la pièce. La femme en rejoint une deuxième derrière une table qui leur sert de bureau et un homme se cache derrière une caméra.

– Vous connaissez le texte? demande l'une d'entre elles.

– Oui, bien sûr.

– Très bien, alors allez-y.

La caméra se met en marche et je me mets en position, assise sur un tabouret haut, les jambes croisées et un poing posé sur ma hanche. Je prends mon attitude de comédienne et inspire profondément.

– Ce n'est pas parce que je n'ai pas encore 30 ans que je n'ai pas de problème de sécheresse vaginale. Avant, c'était… aïe… ouille… désagréable quoi, récité-je en agrémentant de quelques petites grimaces. Mais… maintenant avec Lubridoux, tout est… plus doux.

Un clin d'œil coquin vient clôturer ma performance. Mon Dieu que c'était nul.

Lubridoux, sérieux?

– Très bien, April, vous pouvez attendre à côté, s'il vous plaît?

– Oui, bien sûr.

Je ressors de la pièce, perplexe.

– Alors? me questionne Jen.

– Ils m'ont demandé d'attendre.

– Ah, c'est plutôt bon signe. Moi, ils ne m'ont rien dit.

La porte s'ouvre à nouveau.

– April, vous pouvez revenir, s'il vous plaît?

Jen me regarde en croisant les doigts et je retourne dans la pièce.

– Vous avez été formidable. C'est exactement ce qu'on cherche. On y croyait vraiment.

Le caméraman me lance un petit regard inquisiteur. Mince, ça se voit tant que ça? Je rougis en resserrant les cuisses. C'est bien ma veine de cartonner pour un produit que je pourrais effectivement utiliser.

– Nous aimerions signer avec vous, me lance la femme en me faisant sursauter.

– Parfait, dis-je, enthousiaste.

Je suis heureuse de pouvoir renflouer notre compte même si je ne jubile pas à l'idée qu'on me voie, sur toutes les télévisions, exposer mon problème intime.

– Je vous avais vue dans une publicité pour les fuites urinaires. Vous étiez tellement à l'aise. Y a vraiment un truc qui ressort quand vous jouez. Dans quelque temps, on envisage un spot publicitaire pour StopHémo, une crème contre les hémorroïdes. Je pense que vous seriez parfaite.

Ma joie redescend et je comprends que je viens d'être cataloguée.

Les fuites urinaires, la sécheresse vaginale, les hémorroïdes… et puis quoi encore? Les mycoses ou l'herpès intime? À ce rythme-là, aucun mec ne voudra plus coucher avec moi…

La femme me tend un contrat que je parcours rapidement. Je tourne les pages, car ce qui m'intéresse par-dessus tout, c'est le montant du cachet: trois mille dollars. Gertrude va toucher vingt pour cent. Ce n'est pas énorme, mais cela nous permettra de payer le loyer du mois prochain. Le tournage est prévu dans un mois environ. Je signe.

Jen me félicite et nous rentrons à la maison.

Gertrude nous attend devant l'immeuble, la clope au bec et Sammy sur le haut de sa tête. Elle porte une tunique multicolore et empeste l'encens à dix kilomètres.

– L'agence vient de m'appeler. Félicitations, me dit-elle avec un accent germanique à couper au couteau.

– Merci, souris-je timidement.

– Tu n'as pas l'air contente?

Sammy redresse sa tête de piaf dans ma direction et la penche sur le côté. Même lui ne semble pas y croire.

– Si, dis-je en y mettant un peu plus d'entrain. Très contente. Merci, Gertrude, de nous avoir trouvé cette super opportunité.

Jen me lance un coup de coude discret. Je crois que j'y suis allée un peu fort en parlant de super opportunité. Je ne sais pas faire dans la demi-mesure. Soit je suis trop peu enthousiaste, soit c'est l'inverse. Gertrude n'y prête pas attention et se tourne vers Jen.

– Et toi, je t'ai trouvé un petit rôle dans le prochain épisode de *Chicago Fire* pour demain.

– Super, lui lance-t-elle, excitée. C'est pour quel rôle?

– Celui d'un macchabée, lui balance-t-elle de but en blanc en écrasant son mégot contre une poubelle.

– Ah… super, merci, Gertrude.

Nous remontons, abattues, dans notre appartement et nous nous affalons sur notre canapé.

– Une morte… Voilà à quoi je suis reléguée. Tu vas voir qu'ils vont me mettre dans un sac mortuaire et que la fermeture sera fermée. Je suis sûre qu'on ne me verra même pas.

– Ne te plains pas. Moi, je ne suis bonne qu'aux pubs pour les filles qui se pissent dessus ou celles qui ne mouillent pas assez. Et si j'ai de la chance, j'intégrerai bientôt la grande famille hémorroïdale ! Génial ! Le C.V. idéal pour un speed dating…

Nous éclatons de rire toutes les deux, de nervosité, de décompression, mais aussi de déception. Ce n'est pas du tout ce qu'on espérait en venant vivre ici. On aurait peut-être dû aller à New York ou à Los Angeles finalement.

Ma foi, il ne reste plus qu'à espérer qu'une réalisatrice de renom soit sous le charme de ma prestation pour Lubridoux !

2

April

Jen est partie sur le tournage de *Chicago Fire*. Outre sa scène avec l'acteur principal, elle risque sérieusement de se cailler les miches. Nous sommes en février et les températures oscillent entre zéro et cinq degrés.

Eh oui, nous sommes en février, et ce week-end, c'est la Saint-Valentin : stupide fête commerciale qui me rappelle sans ménagement que je n'ai personne avec qui partager un câlin. Si ce n'est le chat de Gustave, le gardien, qui se frotte sur mes jambes en ronronnant – le chat, pas le gardien… Quoique, je soupçonne son maître de l'avoir entraîné à le faire, pour renifler mon odeur sur son matou angora. Avec un œil qui dit merde à l'autre, les cheveux gras sur les côtés et inexistants sur le dessus du crâne, ainsi que sa tendance à distribuer le courrier en tee-shirt et en slip, cet homme me dégoûte profondément.

Je sors d'une douche que j'aurais aimée réconfortante si seulement la pression avait été suffisante pour me rincer les cheveux correctement. Saleté de plomberie.

Fait chier, il va falloir que j'aille voir Gustave pour qu'il fasse quelque chose.

Je me regarde dans le miroir, et franchement je ne comprends pas ce qui cloche chez moi. Un mètre soixante-dix, des hanches dessinées, un petit 95B qui tient bien en place, les cheveux châtains et des yeux verts. Je ne suis même pas trop moche. J'attrape ma serviette et l'enroule autour de mes cheveux. Puis j'ouvre le placard à côté du lavabo à la recherche d'un coton-tige. Soudain, mes yeux tombent sur deux flacons de comprimés. L'un, à moitié vide, de cent quatre-vingts gélules de charbon actif, et l'autre, quasiment plein et très certainement périmé depuis le temps, de quarante-cinq gélules de *cranberry*.

Le constat est affligeant: j'ai quatre fois plus de flatulences que de relations sexuelles.

J'ai envie de pleurer.

Il faut que je me bouge, que je sorte de là. Je finis de me sécher et m'habille en vitesse, puis avale un comprimé de Clonidine. Je sais exactement où aller pour me sentir mieux. J'enfile mon manteau, passe une écharpe autour de mon cou et enfonce mon bonnet jusqu'aux yeux avant de descendre les escaliers. Arrivée en bas, je tombe sur Gustave qui, malgré le froid, est affublé de sa tenue traditionnelle à laquelle il a pris la peine, quand même, de rajouter des chaussettes vert kaki remontées jusqu'aux genoux et des mules. Popol, son chat angora, trottine jusqu'à moi pour se frotter sur mes jambes en ronronnant.

Sans déconner, qui appelle vraiment son chat Popol ?

Je me souviens de la première fois où j'ai rencontré le gardien de l'immeuble. C'était il y a six ans. Je descendais chercher mon courrier et je me rappelle avoir sursauté en voyant Gustave arriver à côté de moi, en slip.

– Vous voulez caresser Popol ? m'avait-il dit avec l'œil qui frise. Il a le poil doux.

Sur le coup, j'avais d'abord cru à un fou qui s'était échappé de l'asile le plus proche. Puis, après quelques secondes effrayantes qui m'avaient paru une éternité, il m'avait tendu le chaton qu'il tenait dans ses bras. C'est alors que j'avais compris qu'il avait appelé son chat *Popol*. Quelle horreur !

Gustave tourne la tête dès qu'il entend les talons de mes bottines marteler le sol.

– Popol, vient ici, laisse Mlle April tranquille. Après tu traînes son parfum partout dans l'appartement, dit-il en relevant la tête vers moi et en me jetant un regard libidineux.

Je souris poliment et déglutis en réprimant un haut-le-cœur. Il me dégoûte, mais j'ai besoin de lui.

– April, tout court, je vous l'ai déjà dit, Gustave, lui rappelé-je en prenant soin de ne pas baisser le regard vers son entrejambe, qui malgré le froid laisse pointer le bout de quelque chose que je préfère ignorer.

– Vous allez bien ?

– Oui, je vous remercie, mais… on a encore un problème de pression avec la douche.

– Je passerai ce soir pour regarder, me propose-t-il en dévoilant ses dents de travers.

– C'est gentil, merci, dis-je avant de filer.

S'il y a bien quelque chose qu'on ne peut pas lui enlever, c'est sa serviabilité. Il est toujours prêt à aider. C'est sans doute pour cette raison qu'aucun locataire ne s'est jamais plaint de son comportement étrange.

Quand je passe la porte de l'immeuble, un froid sidéral m'enveloppe. Brrr, je déteste le froid ! Je file jusqu'au métro le plus proche, direction le quartier huppé de Streeterville.

Quand je sors du métro, je suis happée par les hauteurs des buildings aux façades de verre qui m'entourent. J'ai toujours été fascinée par ce quartier délimité par la rivière Chicago au sud et le lac Michigan au nord-est. En arrivant dans cette ville, c'est ici que je voulais m'installer, mais il faudrait signer le contrat de ma vie pour réaliser ce rêve. Et ce n'est pas Lubridoux qui me fera atteindre un tel niveau de vie.

Ce quartier comprend de nombreux hôtels, des restaurants, des gratte-ciel résidentiels, des universités et de nombreux lieux culturels, sans oublier le plus important : des boutiques de luxe. Je rejoins Michigan

Avenue. Les larges trottoirs sont bordés de grands parterres fleuris, même si ce n'est pas flagrant en ce mois de février. Je traverse les six voies et fais un premier arrêt chez Sephora avec l'objectif de m'acheter un nouveau parfum. Je n'ai pas beaucoup d'argent, mais je mets un point d'honneur à me faire un petit cadeau dès que je remporte un contrat de plus de deux mille dollars.

Je passe sous une arche de ballons rouges en forme de cœur et déjà ce trop-plein d'amour m'écœure. Il y a des affiches dans tous les coins représentant des couples niais au possible qui jouent l'amour fou. Les vendeuses portent des petits tabliers rouges en cœur qui ressemblent à des fesses. Les parfums se mélangent et me donnent la nausée. Et pour couronner le tout, j'aperçois une super offre mais… uniquement pour les couples. C'est une honte !

– Bonjour, mademoiselle, en quoi puis-je vous aider ? me demande une vendeuse en venant à ma rencontre.

– Bonjour, je cherche un parfum, dis-je simplement.

– Ah… C'est pour la Saint-Valentin ? reprend-elle d'une voix mielleuse.

Allez, c'est parti.

– Euh, non, c'est pour moi.

– Alors, les parfums sont là-bas, mais je peux vous proposer nos coffrets spécial Saint-Valentin.

– Euh… non, merci. Je cherche juste un parfum, dis-je en serrant les dents.

– Vous avez des coffrets pour femme, bien sûr mais aussi pour homme, continue-t-elle sur sa lancée sans prêter attention à mes réponses.

– Non, merci, insisté-je, agacée.

Je sens l'énervement arriver et je me décale pour me diriger vers le fond du magasin, mais elle décide de ne pas me lâcher.

– Un peu d'amour en ce mois si froid, je suis sûre que ce coffret spécial rasage plaira à votre amoureux.

Oh, qu'elle me gonfle!

Habillée en rouge et noir, des paillettes plein les joues, elle papillonne des paupières. Même sa bouche semble en forme de cœur. Je sens l'irritation me frôler les neurones.

– Je n'ai pas d'amoureux, crié-je alors que toutes les têtes du magasin se tournent vers moi.

– Oh, dit la vendeuse avec un regard triste et condescendant. Je suis désolée.

C'est la goutte d'eau.

– Merde à la fin, dis-je en abandonnant l'idée de m'acheter un parfum.

Mes nerfs viennent de lâcher et mon cerveau vrille. La Saint-Valentin, elle n'a que ça à la bouche. Personne n'a pensé à fêter la *Sans-Valentin* pour une fois? Et pourquoi devrait-elle se sentir navrée pour moi? Est-ce que je le suis, moi?

Question rhétorique.

C'est décidé, je vais me la faire! Je ne peux pas partir comme ça.

– Pourquoi êtes-vous désolée? Hein? lui demandé-je, hystérique.

– Euh, je ne sais pas, se défend-elle, paniquée, en clignant des yeux.

– Et si c'était mon choix d'être célibataire-taire-taire? Et si je n'avais pas envie d'avoir un amoureux et de faire comme tout le monde? C'est encore mon droit, non?

– Ou... Oui, j'imagine, me répond-elle en jetant des regards inquiets autour d'elle.

– Tous ces cœurs-là, ça me dégoûte-goûte-goûte.

Je suis en pleine crise, j'en suis consciente, mais je suis incapable de m'arrêter d'aboyer.

– Comme si on avait besoin de la Saint-Valentin pour se dire qu'on s'aime. Vous voulez que je vous dise, la Saint-Valentin, c'est une fête pour mettre la pression aux célibataires! « Oh, tu es célibataire », gnagnagna, « tu devrais avoir un amoureux », gnagnagna, crié-je en agitant les bras telle une folle furieuse. « Le temps passe, tu vas finir vieille fille », gnagnagna... Et quand en plus, on doit se sentir désolée d'être seule, c'est la goutte d'eau! Je suis seule et je l'assume. Je suis seule et...

– Je vais vous demander de partir, mademoiselle, me dit tout à coup un grand black baraqué, à l'air peu commode.

– Je vous demande pardon? m'écrié-je.

– Vous effrayez notre clientèle.

– J'effraie... J'effraie votre clientèle? hurlé-je hors de moi en battant l'air des bras.

De mieux en mieux, voilà que je fais peur, maintenant!

– Si vous ne partez pas maintenant, je vais devoir appeler la police.

– La po-po-police! Ah, ah, ah, de mieux en mieux. Mais ne vous donnez pas cette peine, crié-je sans pouvoir contrôler mes tics verbaux. Je m'en vais. Je vous laisse vos chocolats-lats-lats et vos niaiseriiiiiiiies.

Mon visage se crispe sur cette dernière syllabe. Les clients du magasin se sont tous figés en me dévisageant. Je passe pour une folle à répéter les mots et à m'agiter comme ça. J'en suis bien consciente. Il est vrai que j'ai peut-être aussi développé une certaine impulsivité doublée d'une hystérie passagère.

– La folle s'en va, crié-je à leur intention.

Le vigile m'accompagne d'une poigne sûre vers la sortie et me pousse sans ménagement sur le trottoir.

– Et bonne Saint-Valentin de meeeeeerde, crié-je avant que les portes automatiques se ferment.

Je lisse mon manteau et pousse un profond soupir, puis je tente de reprendre une respiration normale. Bon, OK, j'y suis peut-être allée un peu fort. Voilà un magasin dans lequel je risque de ne plus avoir le droit d'entrer avant un bon moment. Mais en même temps, flûte à la fin! Pourquoi devrais-je culpabiliser d'être célibataire? Je suis seule et heureuse de l'être. Heureuse, heureuse, HEUREUSE!

Non vraiment, je ne vois pas ce qui cloche chez moi.

J'inspire profondément. Oui, bon, OK, je ne sais pas qui j'essaie de convaincre. Tout est faux et archifaux. Je ne suis pas heureuse et tous ces cœurs me rappellent que je suis seule. Le célibat me pèse et j'aimerais rencontrer un homme bien. Malheureusement, je ne suis pas convaincue de son existence.

Mais alors, pas du tout…

Après quelques minutes de relaxation intérieure, je me remets en route. Je flâne ensuite devant la vitrine de Timberland et fais un tour au Disney Store où je prends grand soin de ne parler à personne. Je passe ensuite devant le Chicago Water Works. C'est le deuxième château d'eau le plus ancien de tous les États-Unis. Le bâtiment aux pierres apparentes abritait à l'époque une pompe à eau destinée à puiser l'eau du lac Michigan. Il sert désormais de galerie d'art.

Enfin, droit devant moi, j'aperçois mon but. L'enseigne rouge à étoile blanche, l'endroit où je sais que je serai bien dès que j'aurai passé les portes: Macy's. Ce magasin est mon refuge, celui dans lequel ma pauvre existence disparaît. Tout est beau, tout est cher et je me mets à rêver à tout ce que je pourrai me payer le jour où je deviendrai célèbre, car un jour, je le serai.

Je le connais comme ma poche, et pour cause, je viens là toutes les semaines et je passe des après-midi entiers à flâner entre les rayons et les neuf étages. Je regarde, je touche, je renifle – oui, ça aussi, ça fait partie de mes « petits problèmes » de comportement – et je m'imagine posséder toutes ces belles choses, un jour. Je sais, c'est assez pathétique. Mais l'avantage d'être célibataire, c'est que personne n'est là pour me le dire.

En milieu d'après-midi, après avoir déjà passé trois bonnes heures dans le magasin, j'arrive au rayon art de la table, l'un de mes préférés. J'adore les belles nappes, la belle vaisselle et les tables joliment décorées. Alors que je suis en train de remettre en place plusieurs nappes mal rangées – autre tic –, j'entends une voix masculine s'élever derrière moi.

– Excusez-moi, mademoiselle, pourriez-vous m'aider? J'aurais besoin d'un conseil pour un cadeau de Saint-Valentin.

Non mais, ce n'est pas vrai, ça ne va pas recommencer!

Je prends une profonde inspiration et me retourne, prête à demander à ce monsieur si j'ai vraiment l'air d'une vendeuse. Mais quand mon regard tombe sur le monsieur en question, je reste bouche bée. Il est grand, peut-être un mètre quatre-vingt-cinq, les cheveux courts et châtains, des yeux bleus à faire pâlir l'océan, une mâchoire carrée et une barbe de quelques jours vient compléter le tableau. Il porte un manteau trois-quarts gris anthracite, le col remonté sur son cou, et une écharpe à rayures.

Je dois me rendre à l'évidence. Ce mec est une bombe. Mon souffle se coupe instantanément et je ne peux m'empêcher de sourire.

3

Matt

– Oui, Lisa, j'ai bien compris, dis-je, agacé, en décollant un instant le téléphone de mon oreille.

Ma sœur m'énerve. Elle est gentille, mais un peu casse-pieds. Et pour ne rien arranger, elle a décrété que, cette année, c'était à moi de trouver le cadeau d'anniversaire de mariage de nos parents. Plus de quinze ans qu'elle s'en charge, et là, comme ça, sans prévenir, elle décide que c'est à moi que revient cette horrible tâche. Non mais, sérieusement, à quoi pense-t-elle ? Comme si j'avais une idée de ce que mes parents aimeraient avoir. D'habitude, je ne me soucie pas de ça et je participe financièrement au cadeau que Lisa achète. Mais là, je sens la prise de tête arriver.

– Franchement, avec les jumeaux, je n'ai pas eu une minute à moi, ajoute-t-elle. D'ailleurs, tu te souviens qu'ils ont 1 an demain ?

– Évidemment, mens-je.

Cette information m'était complètement sortie de l'esprit. J'étais persuadé qu'on avait déjà fêté leur anniversaire le mois dernier.

– Je m'en occupe, c'est bon, repris-je. Mais tu n'as aucune idée de…

– Oh, nooooon ! Bon, il faut que je te laisse. Jacob vient de vomir sur sa sœur. À demain, dit-elle en raccrochant rapidement.

Je pousse un soupir de désespoir. Des jumeaux, sans déconner ! Il a fallu qu'elle en fasse deux. Je ne dis pas qu'ils ne sont pas mignons, mais sincèrement je préfère quand ils dorment. À chaque fois que je passe la voir, je me débrouille pour que ce soit au moment de la sieste. Hors de question qu'elle profite de ma visite pour m'en refourguer un. D'ailleurs, maintenant que j'y pense, il va falloir que je leur trouve un cadeau d'anniversaire à eux aussi. Pff… quelle journée de merde !

Je me fraie un chemin parmi la foule qui s'entasse sur les trottoirs. Je déteste l'hiver, le monde, le froid, et surtout je déteste cette stupide tradition de la Saint-Valentin avec ses cœurs dégoulinant d'amour. Pourquoi a-t-il fallu que mes parents se marient ce jour-là ? Je trouve ça d'un cliché sans nom. Ma mère me répète sans cesse que le jour où je rencontrerai la bonne personne, je changerai. Fut un temps, j'y ai cru et puis… tout a changé. Je ravale la colère qui forme une boule dans mon estomac. Franchement, entre nous, ce n'est pas gagné !

J'ai 30 ans, je vis dans un trois-pièces en plein cœur de Chicago, à deux pas d'ici, et j'assume pleinement d'être célibataire. Je suis courtier en Bourse, comme mon père l'était, je gagne très bien ma vie, mais je travaille dur, je me couche tard, je sors peu et j'aime mon indépendance. Ma mère n'a jamais pu le comprendre. Qu'elle soit triste de ne jamais avoir de petits-enfants du côté de son fils, d'accord, mais bon sang, il va falloir qu'elle accepte une bonne fois pour toutes que je préfère rester seul plutôt que de m'emmerder avec une femme, des gosses, un chien, une maison et un jardin.

Mon téléphone sonne. Quand on parle du loup... J'en étais sûr ! Tous les ans, c'est le même scénario : ma mère m'appelle le 13 février en pleurant et en suppliant pour que je lui ramène quelqu'un.

– Bonjour, maman.

– Bonjour, mon chéri. Comment vas-tu ?

– Ça va très bien, je te remercie.

– Je t'appelle parce que je voudrais te demander quelque chose.

Quel suspense !

Je lève les yeux au ciel, sachant pertinemment ce qui m'attend.

– Je suis en train de prévoir le plan de table et je voulais savoir si tu venais accompagné cette année.

– Non, je viendrai seul. Ça n'a pas changé depuis la dernière fois que tu me l'as demandé, c'est-à-dire la semaine dernière.

– Je pensais que tu y avais réfléchi.

– Mais, maman, j'aurai beau y réfléchir, ma décision sera la même.

– Ça ferait tellement plaisir à ta grand-mère, tu sais. C'est peut-être sa dernière Saint-Valentin avec nous.

Et allez, la tirade sur la grand-mère. Cinq ans qu'elle est censée passer sa dernière Saint-Valentin avec nous et cinq ans qu'elle est toujours là. Elle tient bon, mamie !

– Oui, je sais. Mais crois-moi, je ne suis pas sûr qu'elle se rende compte de quoi que ce soit. Qu'on soit le 14 février ou le 15 août, ça ne change pas grand-chose pour elle.

– Oh, ne crois pas ça. Papi lui offrait des chocolats tous les ans pour la Saint-Valentin. D'où crois-tu que je tienne cet esprit de l'amour ?

Je pousse un profond soupir. J'en ai marre.

– Écoute, ce n'est pas que je ne veux pas venir accompagné, mais…

– Oh, mon Dieu, s'écrie-t-elle alors.

– Quoi, dis-je, presque paniqué.

– Tu es gay ! s'exclame-t-elle comme une révélation.

Je n'arrive pas à en croire mes oreilles.

– Maman ! m'écrié-je, faisant sursauter plusieurs personnes autour de moi. Non, je ne suis pas gay.

– Tu sais, ton père et moi, ça ne nous dérange pas. On dira à mamie que c'est un copain. À son âge et dans son état, elle ne se rendra compte de rien.

Ah, bah, tiens... bizarrement là, elle ne se rend compte de rien, mamie.

– Je croyais que c'était pour elle que tu voulais que je vienne avec quelqu'un.

– Oui, mais même si c'est un garçon, on sera contents.

– Mais je ne suis pas gay.

Je prends une profonde inspiration.

– As-tu oublié Sophie?

– Non, bien entendu, me répond-elle tristement.

Je déteste évoquer mon ex, surtout avec ma mère. C'est trop douloureux pour tout le monde.

– Mais tu sais, mon chéri, il arrive que beaucoup d'homosexuels refoulés sortent avec des femmes. Ce ne serait pas grave et nous serions heureux pour toi. Le principal est que tu retrouves l'amour. Peu importe avec qui.

Non mais, je n'y crois pas!

– JE NE SUIS PAS HOMOSEXUEL! crié-je hors de moi.

Plusieurs passants s'arrêtent au milieu du trottoir et me lancent quelques regards compatissants. Je ferme les yeux, à bout de nerfs.

– Bon, écoute, c'est d'accord, je viendrai accompagné, dis-je en capitulant.

J'entends ma mère pousser un cri de joie dans le téléphone.

– C'est vrai? Tu as rencontré quelqu'un? Mais pourquoi tu ne l'as pas dit tout de suite? C'est formidable. Et comment s'appelle-t-elle... ou s'appelle-t-il?

– Tu verras demain. Mais je te préviens, ce n'est rien de sérieux. Inutile de t'emballer et de commencer à faire des plans sur la comète. Je t'embrasse, maman, dis-je en raccrochant avant qu'elle me harcèle de questions.

Je sais qu'elle a eu le cœur brisé quand mon histoire avec Sophie a pris fin. Elle n'était pas la seule. Et depuis, j'avoue que je fuis l'amour comme la peste. Il m'arrive de coucher avec des femmes de temps en temps, surtout quand je suis en déplacement, histoire de ne pas les recroiser à Chicago. Mais je prends bien soin de ne rien savoir sur elles, et surtout les choses sont claires dès le départ : ce ne sont que des histoires d'une nuit.

J'inspire profondément. Je trouverai bien une excuse demain pour expliquer le fait que je serai seul. Maman sera certainement déçue, mais elle passera à autre chose.

Jusqu'à l'an prochain…

J'arrive devant Macy's et la foule qui s'en échappe me donne envie de repartir. Pourquoi les gens décident-ils tous de sortir acheter leurs cadeaux de Saint-Valentin au dernier moment ? Ils ne peuvent pas s'organiser un peu mieux ? Ce n'est pas comme si ça tombait le 14 février chaque année !

Je me fais bousculer plusieurs fois avant même d'atteindre les portes d'entrée. Mon souffle se coupe quand je vois la marée humaine qui se rue dans les rayons. Il y a des gens partout. Bon sang, nous sommes vendredi, comment est-ce possible? Personne ne travaille dans cette ville? Tout Chicago semble s'être donné le mot pour me pourrir encore un peu plus cette journée. Quand je pense que j'ai dû poser une demi-journée de RTT pour ça.

Je prends une profonde inspiration et cherche le plan du magasin. C'est bien l'une des premières fois que j'y mets les pieds. Je dois avouer que même si le bruit est aussi incessant qu'à la Bourse où je travaille, je suis nettement moins à l'aise ici. Je repère rapidement l'étage de la vaisselle et emprunte l'Escalator pour m'y rendre. Je n'ai absolument aucune idée de ce que je vais trouver, mais comme je ne sais pas vraiment ce que je cherche, finalement ça n'a pas d'importance.

Il y a un peu moins de monde ici et je m'avance vers le rayon visé. La vaisselle et le linge de table y sont exposés entre les ballons en forme de cœur et les bougies parfumées – odeur, par ailleurs, très désagréable. Je jette un œil autour de moi et constate que je suis le seul homme. Je dois bien avouer que je suis en admiration devant tous ces bonshommes qui ont réussi à échapper à cette corvée. Quant aux femmes, elles sont souriantes. Elles semblent même apprécier d'être là. Voilà quelque chose qui m'échappe. Comment peut-on aimer être entouré de centaines de personnes, cherchant toutes plus ou moins la même chose, dans un brouhaha qui personnellement me donnerait presque la nausée? J'imagine qu'elles sont ici non pas pour acheter un cadeau pour leurs maris, mais bien pour s'en acheter un à elles. Elles évitent ainsi une déception quasi assurée. Si je pars du principe que les hommes tremblent à l'idée de devoir trouver le cadeau idéal pour ne pas froisser madame, c'est une théorie qui se tient.

Une fois de plus, je bénis le ciel d'être célibataire et de ne pas avoir à supporter ce rituel ridicule.

Je prends une profonde inspiration. Il est temps que je m'active si je veux être sorti de là avant la nuit. J'arpente les rayons, trouvant tout ce que je vois banal et insipide. Je ne peux pas dire que ce soit joli ou moche. Je n'ai tout simplement aucun avis sur ce que je vois. Rien ne me saute aux yeux. Rien ne m'émoustille. Il faut dire qu'en termes de vaisselle et de linge de table, je ne suis pas vraiment une référence. Je mange dans la même assiette midi et soir – que je lave entre-temps évidemment – et un carré de Sopalin me sert de serviette. Je ne reçois jamais personne chez moi, et quand par malheur cela arrive, je me débrouille pour faire appel à un traiteur qui se charge de tout. Je déteste cuisiner, je déteste recevoir, et par conséquent, je n'ai jamais eu besoin d'avoir tout un service de vaisselle et encore moins du linge de table.

Bref, je ne suis pas plus avancé.

Je maudis Lisa encore une fois et je me dirige, sans grand espoir, vers le rayon des nappes et des serviettes de table. Il y en a des dizaines, des bleues, des rouges, des fleuries, à rayures, à carreaux, avec des cœurs, des fruits, des flamants roses. J'en ai la tête qui tourne. Soudain, j'aperçois une jeune femme qui remet plusieurs nappes en rayon.

– Excusez-moi, mademoiselle, pourriez-vous m'aider? J'aurais besoin d'un conseil pour un cadeau de Saint-Valentin.

La jeune femme se fige et se retourne lentement. Les sourcils froncés, elle me dévisage avant de se détendre. Un bonnet enfoncé jusqu'aux yeux, elle me lance un regard surpris. Je m'aperçois que je n'avais même pas fait attention à sa tenue et constate avec désespoir qu'elle ne fait pas partie des employés.

– Excusez-moi, dis-je, déçu. Je pensais que vous travailliez ici.

– Pas de problème, me répond-elle avec le sourire. Je peux peut-être vous aider quand même.

– C'est très gentil à vous, mais je ne vais pas vous importuner.

– Ce n'est pas le cas, me rassure-t-elle poliment.

Elle semble effectivement vouloir m'aider et je dois avouer que ce ne serait pas de refus.

– J'accepte alors, merci.

– Bien. Dites-moi ce que vous cherchez, me dit-elle d'une voix douce.

– En fait, ce n'est pas vraiment pour la Saint-Valentin.

Une lueur étrange passe dans son regard.

– C'est pour l'anniversaire de mariage de mes parents, qui tombe chaque année ce jour-là, ajouté-je.

– Oui, pour un anniversaire, c'est assez logique que ça tombe chaque année le même jour, me répond-elle.

Ses lèvres s'étirent à nouveau en un charmant sourire et je me surprends à le lui retourner.

– C'est exact, conviens-je, confus. Habituellement, c'est ma sœur qui gère, mais avec Jacob et Amy, ses jumeaux, elle n'a pas eu le temps de s'en occuper cette année.

Qu'est-ce qui me prend ? Pourquoi est-ce que je lui raconte ma vie ? Qu'est-ce qu'elle en a à faire que ce soit ma sœur qui s'en charge d'habitude ?

– Vous avez donc été missionné.

– C'est exactement ça.

Elle me scrute sans détacher son regard émeraude de moi et je me détends un peu.

– Votre femme ne vous a pas dit ce que vous deviez prendre ? s'étonne-t-elle.

– Je ne suis pas marié, réponds-je du tac au tac.

– Oh, me rétorque-t-elle, confuse.

Mais bon sang, qu'est-ce qu'elles ont toutes à penser que quand on n'est pas marié à 30 ans, c'est une catastrophe ?

– Très bien, reprend-elle soudain. Donc, j'imagine que si vous êtes ici, c'est que vos parents aiment la belle vaisselle.

– Oui… Enfin, je crois.

– Vous n'en savez rien ? s'étonne-t-elle.

– J'imagine que toutes les personnes comme eux aiment la vaisselle.

– Comme eux, c'est-à-dire? me demande-t-elle, de plus en plus étonnée.

– Vieux.

Elle se met à rire et un léger frisson me parcourt l'échine. J'observe un instant ses lèvres retroussées sur ses dents, ses yeux plissés et ses pommettes qui remontent. Je dois avouer que son rire est assez plaisant et contagieux.

Mais que se passe-t-il? Que sont ces contractions au niveau de mon ventre? Suis-je sincèrement en train de rire? Je n'arrive pas à me souvenir de la dernière fois où c'est arrivé. Je ne suis pas quelqu'un de drôle et on me considère même comme une personne plutôt froide, ce qui me convient très bien.

La jeune femme me regarde à nouveau avec intérêt.

– Comment est leur intérieur?

Je l'analyse sans vraiment comprendre la question.

– C'est-à-dire?

– Leur maison, comment est-elle au niveau de la décoration? précise-t-elle.

– Oh! Ils ont une grande maison, style *cottage* en bois, dans le Wisconsin, au bord du lac Michigan.

– Oh, ce doit être magnifique!

– Oui, dis-je en haussant les épaules. Si on aime n'avoir rien à proximité, effectivement, c'est l'idéal.

Je suis quelqu'un de très paradoxal. Je n'aime pas le monde, mais je ne me verrais pas habiter à la campagne. Je déteste le froid, mais je ne quitterais

Chicago, son lac, son état d'esprit et ses traiteurs, pour rien au monde. Je vis parfaitement bien mon célibat, mais je ne peux m'empêcher de trouver cette femme attirante.

Très attirante même…

Elle se déplace dans le rayon adjacent et je sonde sa façon de se mouvoir. Son port de tête est bien droit, et sa démarche élégante. Après quelques secondes, elle finit par me désigner un ensemble nappe et serviettes beiges avec des rayures rouges.

– C'est un style très cosy qui, d'après la description plutôt succincte que vous m'avez faite, devrait convenir.

– Vous avez l'air de vous y connaître.

– Je suis architecte, alors la décoration, c'est un peu mon rayon.

Une architecte… Tiens, intéressant. Ambitieuse, en plus d'être charmante.

– Très bien, alors je vous fais confiance, dis-je, convaincu.

– J'espère que ça leur plaira.

– Ils sont toujours contents, alors il n'y a pas de raison.

Étrangement ravi de cette rencontre fortuite, je la remercie et décide de quitter l'étage. Je regarde ma montre. Il est déjà seize heures, le soleil ne va pas tarder à se coucher. Avec la nuit qui arrive, toutes les lumières de la ville vont s'éclairer, et avec elles, les illuminations installées à l'occasion de la Saint-Valentin. Je préfère être chez moi avant que cela se produise.

Il me reste les cadeaux pour les jumeaux. Je descends

à l'étage des jouets et me retrouve englouti par une multitude de bruits divers, de musiques hyper stressantes, de couleurs à vomir et de peluches toutes plus énormes les unes que les autres. Je m'avance, perplexe, et découvre en tête de gondole le jouet du moment : un lapin qui mange des carottes et qui projette des petites crottes juste après.

Sérieusement ! Les gamins aiment ça, maintenant ?!

Mais où sont passés les Lego, les Playmobil, les jeux de construction, ceux qui avaient un sens ? Pourquoi ne sont-ils pas mis en avant ? Les enfants sont-ils tous devenus stupides de nos jours ? Voilà une raison de plus pour ne jamais en avoir !

Je regarde les rayons autour de moi et décide de laisser tomber. En même temps, ils ne s'en souviendront même pas. Je leur ferai un chèque et ce sera tout aussi bien.

Je me retourne pour rebrousser chemin quand je tombe nez à nez avec la jeune femme du rayon vaisselle. Mon cœur s'emballe quand je la reconnais et je ne peux me retenir d'accrocher mon regard au sien.

– Besoin d'aide ?

Un sourire s'élargit sur mon visage. Je suis agréablement surpris de tomber sur elle à nouveau. Décidément, nos chemins sont faits pour se croiser.

– Oui et non. Les jumeaux de ma sœur auront 1 an demain, dis-je en secouant la tête. Mais je leur ferai un chèque, ce sera plus simple.

– Un chèque pour leur premier anniversaire ? s'écrie-t-elle, horrifiée.

– Pourquoi pas ? Ce sera toujours mieux qu'un lapin qui crotte, dis-je en désignant le jouet derrière moi.

Elle éclate de rire, et une fois encore ce son me chatouille les tympans.

– Heureusement, il n'y a pas que ça, me dit-elle. Suivez-moi.

Et la voilà qui se lance à travers les rayons, semblant savoir exactement où aller. Je n'ai pas de temps à perdre, mais elle m'intrigue et je suis curieux de savoir ce qu'elle va me dénicher. Je décide de la suivre.

– Tenez, vous devriez trouver votre bonheur ici, me dit-elle en désignant une gamme de jouets en bois.

– Merci.

Elle me sourit et nous restons un moment à nous observer. Quelques secondes tout au plus. Mais une tension étrange s'installe.

– Bon… dit-elle d'une voix hésitante. Je vous laisse. Au revoir.

Un dernier sourire et elle s'éloigne. Je ne peux m'empêcher de la suivre du regard quelques instants. Je l'observe déambuler dans les rayons adjacents, touchant, caressant, allant même jusqu'à renifler les peluches avant de les remettre en place. Plusieurs minutes se passent où je suis totalement hypnotisé par cette femme étrange.

Puis je secoue la tête pour me remettre les idées en place. Qu'est-ce qui me prend tout à coup ? Je ferme les yeux et tourne de nouveau mon attention vers les jouets en bois, que je vois sans vraiment les regarder. Je suis bien incapable de choisir quoi que ce soit. Je déteste être comme ça, perturbé et les sens confus. Je suis un maniaque du contrôle – d'où mon métier. J'exècre les événements ou les situations qui m'échappent et je dois avouer que l'attirance que je ressens pour cette femme me déroute totalement.

Reprends-toi, mec !

Allez, un chèque fera très bien l'affaire. Je ne vois pas pourquoi je suis venu jusqu'à ce rayon de toute façon. J'aurais dû la remercier dès le départ et continuer sur mon idée d'argent. Je m'apprête donc, une fois de plus, à repartir quand je la vois faire demi-tour et revenir vers moi. Mon cœur fait une nouvelle embardée.

– Vous vous en allez déjà ? me demande-t-elle d'un ton accusateur en me scrutant sous son bonnet.

– Oui, dis-je assez sèchement.

Qu'est-ce que ça peut bien lui faire ?

– Je ne peux décemment pas vous laisser faire ça.

Je suis surpris par son aplomb, mais manifestement ravi qu'elle soit revenue sur ses pas. Elle sourit à nouveau et mon esprit s'évade dans son regard émeraude.

Elle se met à chercher dans le rayon avant de se retourner vers moi, un jouet dans chaque main.

– Voilà qui devrait faire l'affaire. Qu'en pensez-vous? me demande-t-elle.

Elle me propose un set de voiture à emboîter et une petite dînette en bois.

– Je dois avouer que c'est beaucoup mieux que le lapin crotteur, dis-je en souriant. Je vous remercie, une fois de plus.

– Ça m'a fait plaisir.

Son regard est toujours planté dans le mien et ma gorge s'assèche soudain. Nous restons un moment silencieux et immobiles. Il est tard, je devrais rentrer et je suis persuadé qu'elle a mieux à faire que de rester là. Mais c'est étrange… C'est comme si nous étions incapables de bouger. Puis elle chasse une mouche avec sa main et ce mouvement nous sort de notre torpeur.

– Bon, eh bien, je vous souhaite une bonne soirée.

Je n'ai pas envie qu'elle parte, qu'elle s'éloigne à nouveau. Je cherche quelque chose à lui dire pour la retenir encore un peu et la première phrase qui sort de ma bouche me surprend, tout autant qu'elle.

– Je vous souhaite une bonne Saint-Valentin.

Sérieusement?

Qu'est-ce qui m'a pris? Si on m'avait dit ce matin qu'aujourd'hui je souhaiterais une bonne Saint-Valentin à une femme, je ne l'aurais pas cru.

C'était complètement malvenu mais… cela a le mérite de la surprendre. Elle bégaie des remerciements.

– Désolé, c'était un peu… déplacé, dis-je en riant.

– Non, du tout.

Elle semble nerveuse tout à coup, car elle commence à avoir quelques petits tics.

– Personne ne comptait me le dire cette année, alors… merci.

La teinte rosée que prennent ses joues me réchauffe le cœur. Si j'ajoute à cela le regard qu'elle m'offre, je peux affirmer que je lui plais et mon ego est regonflé.

– Ou alors si, peut-être Gustave, le gardien de l'immeuble, ajoute-t-elle en riant.

Étonnamment, l'aveu de son célibat me revigore. Plus je la regarde et plus je lui trouve du charme. Même camouflée derrière son bonnet, son manteau et son écharpe trois fois trop grande pour elle ! Je me demande ce qu'elle cache sous son manteau. Mon imagination entre alors en jeu. Je dois avouer que je suis assez surpris qu'une fille comme elle soit seule.

– Quoi qu'il en soit, il faut que j'y aille, dit-elle en regardant soudain sa montre. Ce fut un plaisir de vous aider. Au revoir.

Elle me sourit, puis, visiblement gênée, tourne vite les talons. Je la regarde s'éloigner, un étrange pincement au cœur. Je ne m'attendais pas à tomber sur une fille comme elle en venant chercher un cadeau pour mes parents. Je ne crois pas au destin ou à tous ces trucs complètement stupides, mais je me sens un peu déçu et terriblement frustré de la voir s'éloigner.

Cette femme m'attire, c'est indéniable. Et maintenant que je sais qu'elle est célibataire, mon envie de coucher avec elle est décuplée. Je regrette de ne pas l'avoir rencontrée lors de l'un de mes déplacements. Tout aurait été beaucoup plus simple. Je pourrais bien sûr lui proposer de boire un verre à l'occasion, tout en sachant où cela risquerait de nous mener. Mais coucher avec une femme de Chicago est trop dangereux. Elle pourrait être tentée de chercher à me revoir et cela va à l'encontre de tous mes principes. Ça m'est arrivé une fois ou deux, et quelle galère pour s'en débarrasser après ! Je ne sais pas si ça vient des femmes en général ou si c'est à cause de moi, mais je ne peux pas m'y risquer.

Même pas une petite exception ?...

– Attendez, mademoiselle, lui crié-je presque.

Je ne sais pas ce qui me passe par la tête. Le service de linge de table et les jouets dans les bras, je la rattrape en courant.

Elle se retourne, surprise, et une lueur brille dans ses yeux. Un étrange frisson me parcourt l'échine, aussi agréable que déstabilisant.

– Oui ? Vous avez besoin de mon aide pour un autre cadeau ? s'étonne-t-elle.

– Non, dis-je en secouant la tête. Je me demandais juste si… vous aimeriez m'accompagner.

4

April

Hein ? Qu'est-ce que c'est que ce délire ?

Mon cœur s'emballe. OK, il est ultrabeau et je suis tombée sous le charme à la seconde où mes yeux se sont posés sur lui. OK, je l'ai « un peu » suivi au rayon jouets pour pouvoir continuer de le reluquer avant de rentrer et d'affronter Gustave dans ma salle de bains. OK, il est célibataire et mon envie de lui sauter dessus et de l'embrasser ne fait que croître. Mais de là à passer la Saint-Valentin avec lui, il y a des limites – que je pourrais facilement dépasser, en y repensant bien.

– Vous accompagner? Mais où? demandé-je, incrédule.

J'ai dû mal comprendre, c'est évident.

– Chez mes parents.

– Chez vos parents?

– Oui, chez mes parents, répète-t-il comme si j'étais abrutie.

– Mais pour quoi faire?

Il est évident que nous ne parlons pas de la même chose. Il ne peut pas être en train de m'inviter à passer la Saint-Valentin chez ses parents. C'est totalement insensé.

Il se lance alors dans une explication et je l'écoute attentivement.

– Je ne suis jamais venu avec quelqu'un chez mes parents pour la Saint-Valentin et c'est le grand drame de la vie de ma mère, explique-t-il. C'est une indécrottable romantique, d'où le fait de s'être mariée un 14 février. Malheureusement pour elle, chaque année je viens seul. Sauf que tout à l'heure… je lui ai promis de venir avec quelqu'un.

J'ouvre de grands yeux en le dévisageant. Je comprends son explication, mais je ne vois toujours pas ce que je viens faire dans l'équation.

– Et vous n'avez personne dans votre entourage pour vous accompagner? demandé-je, surprise.

Même s'il m'a dit ne pas être marié tout à l'heure, je ne peux pas croire qu'un homme aussi charmant que lui n'ait pas dans son répertoire toute une liste de jeunes femmes prêtes à l'accompagner au bout du monde.

– Non, dit-il simplement en souriant.

Mon sang tambourine dans mes tempes à cette idée. Cependant, son invitation, bien que très attrayante, est complètement aberrante. Il ne peut pas accoster une femme dans un magasin et lui proposer de venir déjeuner avec sa famille. Cet homme est fou. Je ne vois pas d'autre explication. Pourquoi ne pas simplement expliquer à sa mère qu'il est célibataire ?

– Donc, en gros, si je vous suis bien, je vous servirais d'alibi, de fausse petite copine.

Mon cœur s'emballe. L'idée de passer un peu plus de temps avec lui me plaît assez, même si c'est complètement dingue.

– C'est un peu ça, oui, me répond-il, soudain mal à l'aise.

À moins que…

– Êtes-vous gay ? demandé-je subitement en retenant mon souffle.

Après tout, ce ne serait pas la première fois qu'un homme aussi beau soit gay. J'avoue que ce serait un véritable gâchis pour la gent féminine.

Il me regarde en ouvrant de grands yeux et aussitôt je regrette ma question. Où avais-je la tête pour lui demander ce genre de chose ? En quoi ça me regarde ? Mon impulsivité me joue des tours et il m'arrive très souvent de parler sans réfléchir. C'est assez déstabilisant, tant pour moi que pour les autres.

– Mais non ! s'écrie-t-il. Je ne suis pas gay. Pourquoi personne ne peut comprendre que si je suis célibataire, c'est pour le plaisir de l'être et non pas parce que je serais un homosexuel refoulé ? C'est fou, ça, quand même !

– Fou, ça, ne puis-je m'empêcher de répéter.

Je me mords l'intérieur de la joue et prie le ciel pour qu'il n'ait rien entendu. À mon grand soulagement, il semble trop énervé par ma question. Je pousse un discret soupir. Je suis soulagée d'une part qu'il n'ait rien remarqué et d'autre part qu'il ne soit pas gay. En cette veille de Saint-Valentin, je crois que je n'aurais pas supporté une telle déception.

– Excusez-moi, ça ne me regarde pas, dis-je, confuse. C'est juste que votre proposition est si étrange.

– Non, ne vous en faites pas, ce n'est pas de votre faute. C'est ma mère, elle pense exactement la même chose que vous et je suis agacé de devoir me justifier à chaque fois. Je suis célibataire et heureux de l'être. J'aime mon indépendance et je n'ai pas l'intention de me mettre en couple pour lui faire plaisir. Seulement, elle ne semble pas concevoir qu'à 30 ans on puisse toujours être seul.

Mon cœur se serre. Je suis déçue. Il est célibataire et compte le rester. Il est évident qu'il ne cherche pas l'amour. Encore un homme trop frileux pour s'engager et qui préfère les coups d'un soir au coup d'une vie.

– Je vous comprends.

Il me regarde attentivement et je me noie dans cet océan qui me scrute. Puis, après quelques secondes, il secoue la tête.

– Non, oubliez, je ne sais pas ce qui m'a pris. Au revoir, mademoiselle, dit-il en passant à côté de moi.

Et le voilà qui s'éloigne. J'ai le souffle coupé. Mais non, je ne suis pas d'accord! On ne propose pas à une fille de passer la Saint-Valentin avec elle pour ensuite annuler l'invitation. Et bien que tout à fait consciente qu'il ne cherche pas l'amour, je n'ai pas envie qu'il disparaisse, moi.

– Attendez, dis-je en lui attrapant le bras.

Je sens son biceps se contracter au moment où mes doigts s'enroulent autour et une décharge électrique traverse mon corps. Il se retourne et plonge son regard azur dans le mien. Je relâche son bras alors que mon cœur s'emballe.

– Ce... ce n'est pas une idée absurde. C'est juste que je suis un peu surprise. Pourquoi... moi ? demandé-je alors.

Ses yeux se mettent à briller et mon corps s'enflamme.

– Vous semblez... sympathique, me répond-il avec le sourire. Et puis vous êtes architecte. Je suis sûr que mes parents vous apprécieraient.

Meeeeerde...

J'avais oublié cette histoire d'architecte. Sérieusement, qu'est-ce qui m'est passé par la tête ? J'avoue qu'à ce moment-là je pensais ne jamais le revoir et j'ai trouvé que ça sonnait mieux que *comédienne ratée.*

– Bon... dans l'hypothèse où j'accepterais cette étrange proposition, que serais-je censée faire ?

Mais dans quoi est-ce que je me lance ? Ce mec ne veut qu'une chose, c'est évident. Et ce qu'il cherche est à l'opposé de ce que j'espère trouver un jour. Et puis, mis à part cette attirance effroyable que je ressens pour lui, il est hors de question que je marche dans cette combine.

C'est vraiment n'importe quoi. Je ne le connais pas. Je ne peux clairement pas accepter de monter en voiture avec lui et de le suivre n'importe où. Si ça se trouve, il n'a même pas de repas de famille demain et c'est un *serial killer*. Très sexy le *serial killer*, mais quand même.

– Juste m'accompagner, manger et discuter. Cela ne durerait qu'une journée tout au plus.

Mon cœur se serre.

Une journée seulement… ?

Non mais, April, ressaisis-toi ! Tu ne vas quand même pas accepter ?

– On devra s'embrasser ? m'entends-je demander.

Il semble aussi surpris que moi de ma question directe et ses yeux s'arrondissent. Par mimétisme, je me mets à faire pareil avant de me reprendre.

Dis ouiiiiii !

Je vois sa pomme d'Adam monter et redescendre. J'ai soudain très chaud avec ce bonnet et cette écharpe. Il inspire bruyamment.

– Je pense qu'on peut tout à fait faire illusion sans s'embrasser. Je ne suis pas tactile. Mes parents n'y verraient que du feu.

Mon cœur se craquelle. Il n'est pas tactile ? Quel dommage… Moi qui m'imaginais déjà sous l'assaut de ses caresses.

– Ce serait juste le temps d'un repas et ensuite…

Il semble hésiter quant à la suite de sa phrase. Je retiens ma respiration.

– … on se dit au revoir pour de bon. J'expliquerai à mes parents que nous n'étions pas sur la même longueur d'onde, voilà tout, reprend-il.

Mon cœur se fendille un peu plus et je ressens une douleur lancinante. Mes doutes se confirment. Il n'est pas du genre à offrir des fleurs et des chocolats. Cet homme est un coureur, et si aucune fille ne veut l'accompagner chez ses parents demain, ce n'est peut-être pas pour rien.

Non, sérieusement, c'est vraiment une très, très mauvaise idée.

Cependant…

Il est vrai que je n'ai rien de prévu demain. Et passer un moment autour d'un bon repas en charmante compagnie, serait-ce vraiment si horrible? Après tout, qu'est-ce que je risque?

De me faire tuer, ou pire: de tomber amoureuse!

– Bon, c'est d'accord, accepté-je soudain.

Quoi? Ma bouche a encore parlé sans l'autorisation de mon cerveau.

Je n'arrive pas à croire que j'aie dit oui.

Il semble un peu étonné, mais soulagé par ma réponse. J'imagine qu'il va enfin avoir la paix avec sa mère. Je vais donc considérer cela comme une bonne action de ma part.

– Quelle est l'adresse et à quelle heure dois-je y être? demandé-je le plus naturellement possible.

– Je passerai vous prendre demain. Il serait étrange que nous arrivions séparés, vous ne croyez pas?

– Exact, c'est vrai. Bien, bien, bien. Vous passerez me prendre alors, dis-je en sentant déjà que la situation m'échappe.

Il tire une carte de visite de son portefeuille et me la tend.

– Vous n'aurez qu'à m'envoyer votre adresse par texto.

– D'accord, lancé-je en hochant ostensiblement la tête.

– Je vous dis donc à demain, me répond-il en souriant.

– Oui, à demain…

Et le voilà qui s'en va, me laissant seule au milieu du rayon peluches, le cœur battant la chamade et les mains moites et agitées. Le stress m'envahit subitement et je laisse échapper un petit cri strident. Les gens autour de moi sursautent et j'aperçois le beau gosse se retourner dans ma direction. Mes joues s'empourprent et je fais semblant de chercher autour de moi l'origine de ce cri. Je désigne le lapin au transit rapide en prenant un air blasé, puis je lui fais un petit signe de la main avant de la fourrer dans ma poche pour l'empêcher de gigoter dans tous les sens.

Non mais, qu'est-ce qui m'a pris de revenir sur mes pas? Il aurait fait un chèque aux enfants de sa sœur, ça ne me regardait pas. Pourquoi a-t-il fallu que je revienne mettre mon grain de sel? Me voilà embarquée dans une de ces galères!

Je tire la carte de visite que mes doigts serrent au fond de ma poche et y jette un œil curieux:

Matthews Green
Trader
Bourse de commerce de Chicago

Un trader, OK. Un mec avec une situation, c'est déjà ça. Je prends une profonde inspiration. Malgré tout, cela n'enlève rien à l'angoisse qui se répand dans mes veines.

Soudain, un rire nerveux me secoue. Il ne connaît même pas mon prénom.

5

April

Une multitude de questions embrouillent ma tête quand j'arrive enfin à l'appartement. Je monte les marches, aux prises avec un stress énorme, et je peine à attraper la poignée de la porte tellement mes bras moulinent autour de moi. Il faut que je raconte ma journée à Jen. Et surtout, il faut que je me calme.

J'ouvre la porte à la volée.

– April, c'est toi ? s'écrie ma colocataire.

– Oui. Où es-tu-tu-tu ?

– Dans la salle de bains.

Je la rejoins rapidement et tombe nez à nez avec la raie des fesses de Gustave, penché au-dessus de notre baignoire. Il relève la tête et me sourit. Mon stress disparaît instantanément.

– Ah, mademoiselle April, me dit-il mièvrement.

– Gustave… réponds-je en souriant.

Avec tout ça, je l'avais complètement oublié.

– On vous laisse travailler, ajoute Jen en me tirant par la manche.

Nous rejoignons le salon et mon amie me fait les gros yeux.

– Tu ne m'avais pas dit qu'il devait passer, commence-t-elle.

– Désolée. Je pensais être rentrée-trée-trée, m'excusé-je en attrapant la bouteille d'eau.

Je récupère tant bien que mal un verre et j'essaie, en vain, de me servir un peu d'eau. Jen vient à mon secours et le remplit à ma place. Elle est habituée.

– Où étais-tu ? me demande-t-elle.

– À Macy's, dis-je en buvant mon verre d'un trait.

Je ferme les yeux alors que le liquide glacé traverse mes entrailles. Le fait de me focaliser sur cette sensation me calme un peu.

– Un jour, il faudra vraiment que tu m'expliques pourquoi tu es si bien là-bas. Mais passons. Pourquoi es-tu si nerveuse ?

– Il m'est arrivé un truc de fou-fou-fou, dis-je en ayant du mal à contrôler mes tics.

Jen s'assied sur le canapé et tapote le coussin à côté d'elle pour que je prenne place. Puis elle m'attrape les mains et respire calmement à mes côtés.

– Calme-toi d'abord et raconte-moi ensuite, dit-elle en inspirant profondément.

Il n'y a qu'elle pour réussir à me canaliser de la sorte. Des années de pratique, il faut dire. Je ferme les yeux et cale ma respiration sur la sienne. Quelques secondes suffisent pour me calmer.

Je commence alors par lui raconter l'esclandre à Sephora.

– Mais qu'est-ce qui t'a pris?

– C'est toute cette histoire de Saint-Valentin qui me sort par les yeux.

– Toi? L'amoureuse de l'amour? La Saint-Valentin te sort par les yeux?! s'écrie-t-elle. Je crois me souvenir d'un temps où tu chérissais cette fête comme personne.

Mon cœur se serre. Jen fait référence au temps où j'étais avec Andrew quand nous étions encore en Angleterre. Andrew a été mon premier amour. Nous avions 16 ans quand on s'est connus. Nous faisions du théâtre ensemble et le courant est tout de suite passé entre nous. Notre histoire était belle jusqu'au jour où j'ai commencé à évoquer l'envie de partir aux États-Unis. Il semblait emballé par l'idée, parlait même de venir avec nous. Mais au fur et à mesure, il a commencé à moins aborder le sujet. J'y ai cru jusqu'au dernier jour. Je l'ai attendu à l'aéroport et on a failli louper notre avion. Si Jen n'avait pas été là, je pense que je serais restée à Londres et que je l'aurais rejoint. Mais avec le temps, je me rends compte que ça aurait été une erreur. Il n'a pas cherché à me recontacter et a ignoré tous mes appels et mes messages. J'ai compris qu'il était trop lâche pour avouer les choses. Quelque temps après, j'ai appris qu'il avait intégré une troupe de théâtre à Londres et qu'il était en couple avec une autre comédienne. Je l'aimais comme on aime son grand amour et mon cœur a été brisé en mille morceaux.

Depuis, j'ai du mal à refaire confiance à quelqu'un. Même si mon envie d'aimer et d'être aimée est un fait avéré, je n'ai pas réussi à avoir de vraie relation depuis six ans. J'ai bien connu un mec ou deux que je voyais de temps en temps, mais ils ont rapidement pris la poudre d'escampette en découvrant ma maladie. Andrew s'en était accommodé même si je crois quand même que c'est en partie à cause de cela qu'il m'a quittée. Qui voudrait d'une folle qui crie et gesticule sans arrêt? J'ai donc appris à ne pas m'attacher et surtout à ne pas faire confiance. Voilà pourquoi, depuis, je déteste tant la Saint-Valentin et l'amour.

– Oui, mais c'était il y a bien longtemps, et maintenant je n'aime plus ça, expliqué-je simplement.

Jen me regarde avec compassion. Elle était là à chaque étape du deuil de cette relation. La dévastation, où je pleurais sans cesse. Le sevrage, où j'ai pris la décision de ne plus essayer de le contacter. Le déni, où je prétendais que tout allait pour le mieux alors que ce n'était pas le cas. La rage, où je l'ai maudit des jours et des nuits. Puis le rétablissement…

Oui, bon, OK, cette phase n'est pas encore achevée…

Jen n'a pas ce problème. Elle n'a jamais vraiment eu le cœur brisé, c'est d'ailleurs pour ça qu'elle quitte avant d'être quittée. Mais elle est avec Aaron depuis presque un an et semble filer, pour la première fois de sa vie, un amour parfait. Elle le retrouve chez lui tous les week-ends, mais comme il est très souvent en voyage d'affaires la semaine, elle reste en colocation avec moi. Je dois avouer que je redoute le moment où elle m'annoncera qu'elle part définitivement emménager avec lui.

J'en viens ensuite à ma rencontre avec Matthews au rayon vaisselle. Je lui raconte en détail la scène, puis comment je me suis mise à le suivre, pour enfin lui révéler la surprenante invitation. Jen me regarde et sa mâchoire tombe sur son menton.

– Et j'ai dit oui, conclus-je.

– Tu as dit oui? s'écrie mon amie.

– Je suis folle, on est d'accord, dis-je en secouant la tête. Je n'aurais jamais dû accepter.

– Ce n'est pas ça, mais...

– Non, soufflé-je. C'était idiot. Il s'en est d'ailleurs rendu compte, mais il a fallu que je le rattrape, comme d'habitude. Incapable de dire non, tu me connais. Mais je suis persuadée qu'à l'heure qu'il est, il préférerait tout annuler.

Mon cœur cogne fort dans ma poitrine, car il sait que pour une fois mon esprit a raison. Cet homme était beaucoup trop beau, et cette rencontre bien trop idyllique. Je me connais, même si je crie haut et fort que je déteste l'amour, je serais capable de tomber amoureuse de lui. La suite du schéma, je la connais et elle n'a rien de réjouissant. Matthews Green n'est pas un homme pour moi.

– Je vais l'appeler, annoncé-je en sortant la carte de visite de ma poche. C'était stupide, je ne sais pas ce qui m'a pris.

Résignée à mettre fin à tout ce stratagème, j'attrape mon téléphone et commence à composer le numéro. Malheureusement, je suis coupée dans mon élan par Gustave, qui arrive dans le salon, une main occupée à tenir sa boîte à outils, et l'autre glissée dans son pantalon pour se gratter les fesses de manière on ne peut moins subtile.

– J'ai changé votre flexible, il était encrassé par le calcaire. Il était temps que quelqu'un s'occupe de votre tuyauterie, dit-il avec un clin d'œil.

J'ouvre de grands yeux et manque de m'étouffer avec ma salive. Jen se tourne pour cacher le fou rire qui la gagne. Le sous-entendu plus qu'équivoque me donne la nausée.

– Euh… C'est gentil, merci, dis-je poliment en évitant de croiser son regard. Je vous raccompagne.

Je pose mon téléphone sur la table basse et me relève. Puis je l'invite à passer devant moi de peur qu'il me reluque le derrière, mais il s'arrête au niveau de la porte d'entrée. Il se retourne alors vers moi et m'offre l'un de ses plus beaux sourires.

Ce sont les pires.

Il pose sa boîte à outils par terre, prend une profonde inspiration et essuie ses mains moites et crasseuses sur son tee-shirt trop petit, laissant des traces de salissure sur leur passage.

– Que faites-vous demain? me demande-t-il soudain.

Je me retiens au chambranle de la porte. Est-il sérieusement en train de faire ce que je pense? Je reste pétrifiée, incapable de lui répondre quoi que ce soit. Devant mon silence, il se passe la langue sur les lèvres, aplatit ses cheveux sur les côtés et se lance:

– Aimeriez-vous venir dîner dans ma loge?

Il a osé…

– Vous… vous voulez dire pour la Saint-Valentin-tin-tin? m'étranglé-je.

– Oui, me répond-il en rougissant. Ma spécialité, c'est les intestins de porc et les testicules d'agneaux, mais je peux aussi vous faire un *burgoo* à la viande d'écureuil si vous préférez.

La nausée me monte à la gorge, mais je souris malgré moi. Je le regarde et il me fait de la peine. Je n'imagine pas le courage qu'il lui a fallu pour me faire cette proposition. Il me dévisage, les yeux pleins d'espoir, et je suis incapable de lui briser le cœur. Je ferme les yeux et prends une grande goulée d'oxygène.

– Je suis désolée, Gustave, mais demain April va déjeuner chez les parents de son petit ami, s'écrie Jen en arrivant à côté de moi.

Je sursaute et me tourne vers mon amie, qui vient de me sauver la vie. Je ne sais pas dire non, c'est l'un de mes très gros défauts, et elle le sait.

Mon regard se reporte sur Gustave, qui semble sonné. Je lui aurais mis un crochet du droit que ça aurait eu le même effet.

– Ah… vous avez un petit ami? s'étonne-t-il.

– Oui, mens-je.

– D'accord… Je pensais que… comme vous êtes toujours toute seule… Mais ce n'est pas grave, une prochaine fois, me suggère-t-il avec un regain d'espoir.

Il se penche pour ramasser sa boîte à outils, me donnant un avant-goût de ce que je loupe, alors que son ventre tombe en avant et que son pantalon descend sur ses fesses. Je préfère fermer les yeux quelques secondes. Puis je hoche la tête, le remercie une nouvelle fois pour la douche et referme la porte en prenant soin de tourner la clé. Je crains qu'il soit capable de rentrer la nuit pour m'observer dormir. Un long frisson me parcourt l'échine et Jen éclate de rire derrière moi. Je me tourne vers mon amie et la dévisage.

– Quoi? me demande-t-elle.

– Tu as vu comme il avait l'air triste?

– Tu plaisantes, j'espère! Tu te vois dans sa loge toute la soirée à bouffer des couilles d'agneaux en caressant Popol?

J'éclate de rire à mon tour. Effectivement, cette vision est plus qu'abominable. Mais dans un sens, cela aurait pu être une Saint-Valentin inoubliable.

– Je viens de te sauver la vie, tu pourrais me remercier.

– Merci, dis-je en souriant. Mais du coup, il va falloir que je reste cloîtrée à la maison toute la journée demain.

– Non, demain, tu as rendez-vous avec le destin.

– Non, je te l'ai dit, c'est une très mauvaise idée. J'ai dit oui comme je dis oui tout le temps. Sans réfléchir, sous l'impulsivité. Tu sais que c'est mon gros problème.

– Il est charmant? me demande-t-elle en se rasseyant sur le canapé sans prêter attention à ma remarque.

– Grand, châtain, la trentaine, les yeux bleus. Terriblement sexy.

Mon cœur s'emballe quand je repense à lui. Oui, effectivement, je serais tout à fait capable de tomber amoureuse de lui.

– Il est mignon, gentil, célibataire et il te propose une charmante journée à la campagne. Est-ce que tu as mieux à faire?

– Non, concédé-je en jetant un regard vers la porte fermée.

– Alors la discussion s'arrête là. Demain, tu as rendez-vous.

– Mais tu te rends compte? Je lui ai dit que j'étais architecte.

– Et alors, où est le problème? Ce n'est pas comme si tu n'étais pas comédienne. Tu n'as qu'à faire semblant.

Je me rassieds sur le canapé à côté d'elle.

– C'est une très mauvaise idée, répété-je.

– Qu'est-ce que tu risques ? Ce n'est qu'une journée où tu peux prétendre être la petite amie architecte d'un beau trader. Où est le mal ? Je suis sûre que tu seras parfaite pour le rôle.

C'est une très mauvaise idée parce qu'il me plaît sans même que je le connaisse. Parce que je risque d'être déçue, car je sais qu'il ne veut pas de petite amie. Parce que, après cette fameuse journée, il dira à sa mère qu'on s'est séparés et je ne le reverrai jamais. Parce que l'idée de coucher avec lui me traverse l'esprit depuis que j'ai croisé son regard, alors que je sais pertinemment que je serai incapable de me satisfaire de ce qu'il pourra m'offrir.

Et puis, April Green, ça sonne super bien !

Voilà pourquoi c'est une très mauvaise idée. Je ne peux pas rencontrer un mec mignon sans m'imaginer à son bras en robe de mariée. Je suis désespérante. Mais tout ça, je décide de le garder pour moi.

– Tu vois, tu ne trouves aucune bonne raison, renchérit Jen. Arrête donc de te prendre la tête pour rien. Il passe te chercher à quelle heure ?

– Il attend que je lui envoie notre adresse par texto.

Jen attrape la carte de visite sur la table basse et mon téléphone posé à côté. Puis elle pianote un message rapidement.

– Que fais-tu ? demandé-je, paniquée.

– Ce que tu risques de ne pas faire, m'explique-t-elle avant de relever la tête vers moi. Voilà, il a notre adresse.

Mon téléphone émet un bip quelques secondes plus tard. Je sursaute et mon cœur s'emballe.

– Je suis sûre qu'il dit que c'est annulé, dis-je précipitamment.

– Pas du tout. Il passe te chercher à dix heures. Maintenant que c'est réglé, je crois que le beau duc de Hastings nous attend, dit-elle en attrapant la télécommande pour allumer Netflix.

Je lui souris, mais mes pensées sont déjà ailleurs. Je ne peux m'empêcher d'être excitée à l'idée de revoir Matthews.

6

Matt

Je suis surpris de son message. Sur le chemin du retour tout à l'heure, je me suis dit que si elle avait un minimum de jugeote, elle ne me recontacterait pas. Un parfait inconnu qui lui propose de faire une heure de voiture avec lui… Il faut être inconsciente. Mais force est de constater qu'elle semble aimer l'aventure et que ça ne lui fait pas peur. Je remarque également qu'elle habite dans un quartier que j'aime bien, mais heureusement loin du mien. Ce détail éveille mon attention et ma curiosité. Après tout, Chicago est une grande ville…

Peut-être que…

Non.

Je secoue la tête et rentre l'adresse d'April dans mon téléphone avant de reporter mon attention sur les cours de la Bourse du soir.

April… C'est joli comme prénom.

Les courbes dansent sur mon écran d'ordinateur, mais je n'arrive pas à me concentrer. Je revois ses grands yeux verts, son sourire, et l'écho de son rire résonne encore dans mes oreilles. Qu'est-ce qui m'est passé par la tête tout à l'heure? Pourquoi lui ai-je proposé de m'accompagner? Au fond de moi, je le sais très bien. Elle m'attire, elle m'excite et je n'arrive pas à me chasser de la tête l'image de son corps nu, allongé sur mon lit. C'est idiot, car je n'ai même pas vraiment vu à quoi ressemblait son corps, emmitouflé dans sa longue doudoune noire, et que je n'ai pas pour habitude de ramener des filles chez moi. Il faut que je me fasse une raison. Elle est de Chicago et c'est la règle numéro un de mes coups d'un soir: jamais dans la même ville que moi. Même si nous ne sommes pas du même quartier, je ne veux pas prendre le risque de la recroiser et qu'elle s'accroche. Un soir, oui. Deux, jamais! Je suis célibataire et content de l'être.

Cependant...

Je ne peux nier qu'elle provoque en moi des réactions inattendues. Être aussi spontané avec une fille ne m'était encore jamais arrivé. J'avoue que je joue avec le feu de lui proposer de passer la journée de demain avec moi en sachant pertinemment que nous ne coucherons pas ensemble. Je dois être un peu maso sur les bords. Mais il faut que je la voie une dernière fois. Avec un peu de chance, une fois son manteau enlevé, elle ne m'attirera plus du tout et je pourrai enfin me concentrer sur mon boulot.

De toute façon, c'est le temps d'un déjeuner, et après, terminé. Je la ramène chez elle et on tire un trait sur cette histoire et ce mensonge. Au pire, elle nourrira mes prochains fantasmes, et au mieux, maman pourra me lâcher un peu la grappe. Ce qui était le but premier de toute cette histoire, ne l'oublions pas.

Je me lève pour laver l'assiette de mon dîner. Puis je retourne m'installer sur le canapé en cuir qui trône au milieu de la grande pièce. Mon ordinateur est posé sur la table basse. Il est temps que je finisse de bosser. Ensuite, je pense qu'une bonne douche s'impose pour calmer mon esprit.

7

April

Impossible de trouver le sommeil cette nuit. Je n'ai fait que penser à ce Matthews et à notre rencontre inopinée à Macy's. Jen me dit que c'est un coup du destin. Moi, je ne crois pas à ces âneries. Mais en même temps, si je n'avais pas fait un scandale à Sephora, peut-être que nous ne nous serions jamais croisés devant les nappes.

Bon, pour le rayon vaisselle, c'était peut-être un coup du destin. Mais après, certainement pas. C'est moi qui l'ai suivi. S'il le savait, il me prendrait d'ailleurs pour une folle et je doute que sa proposition tiendrait toujours. Il ne se rend pas compte, mais je pourrais très bien être une psychopathe après tout, une harceleuse ou même une nympho. Réflexion faite, je ne suis pas certaine que cette dernière supposition lui déplaise forcément. Mon ventre se contracte quand je repense à son regard posé sur moi. La journée va être longue, car il est hors de question que je me fasse avoir par un bel étalon en manque de sexe. Je n'ai pas fait l'amour avec un homme depuis longtemps – ma boîte périmée de gélules de *cranberry* en est une preuve affligeante –, mais ce n'est pas une raison pour coucher avec le premier venu. Et puis, je ne suis pas comme ça. J'ai besoin de sentiments – enfin un peu au moins.

Je me retourne sous ma couette blanche décorée de plumes multicolores et regarde mon réveil : 8 h 00. Il est temps de se lever. Je file sous la douche et constate avec plaisir que Gustave a bien bossé. L'eau chaude ruisselle en jet puissant sur mes cheveux et un long frisson remonte le long de ma colonne vertébrale. Ce serait mentir de dire que je n'ai pas cherché à le googler hier soir. Malheureusement, je n'ai rien trouvé à son sujet. Ni page Facebook, ni compte Instagram. Cet homme est absent des réseaux sociaux. Cela pourrait me faire peur, mais bizarrement ce mystère m'excite.

En sortant, je regarde le reflet que me renvoie le miroir. Le spectacle est consternant. Mes yeux sont cernés et il va me falloir une bonne dose de maquillage pour camoufler tout ça. Mon regard se pose ensuite sur ma boîte de gélules de *cranberry* et un nouveau frisson me secoue. Je resserre instinctivement les cuisses et un sourire se dessine sur mes lèvres.

Je retrouve Jen dans la cuisine après avoir passé une bonne heure à essayer de trouver une tenue convenable.

– Alors, prête pour le rôle de ta vie? me lance-t-elle en me voyant arriver.

– Ça va être une catastrophe, dis-je, anxieuse.

– Mais non, répond-elle en riant. Je suis sûre que tu vas être parfaite. Tu as pensé à réviser tes cours d'architecture, ce matin?

L'angoisse me submerge et ma meilleure amie me regarde, hilare. Puis elle me sert mon thé et n'oublie pas de jeter deux morceaux de sucre dedans.

– Tu es jolie, me dit-elle en souriant.

– Merci.

J'ai troqué mon jeans habituel contre une petite robe écrue, en laine torsadée, simple mais efficace. Après tout, autant jouer le truc à fond.

– Et toi, tu fais quoi aujourd'hui?

– Je retrouve Aaron dans une heure. Il m'emmène passer le week-end à Milwaukee, m'annonce-t-elle en souriant.

Elle a l'air heureuse avec lui et je suis contente pour elle. Que ça doit être bien de pouvoir se laisser aller et faire confiance. Une certaine nostalgie s'empare de moi. J'ai tellement souffert dans le passé que je ne sais plus ce que ça fait d'être en couple ou plutôt d'être heureuse en couple. Et puis, il y a ce fameux syndrome qui ne facilite pas les choses. Mes tics font peur et éloignent les gens de moi. Jen est l'une des rares personnes à s'en ficher éperdument. Je crois qu'elle ne les remarque même plus depuis le temps que nous nous connaissons.

J'avale une gorgée de thé et regarde l'heure. Mon rythme cardiaque s'accélère. Il est temps de descendre. Matthews ne va pas tarder et je ne voudrais pas le faire attendre. J'embrasse Jen, attrape mon sac et inspire profondément. Ce rôle risque d'être le plus difficile que j'aie eu à jouer jusqu'à maintenant.

En descendant les escaliers, les mains moites et le souffle court, je tombe sur Popol qui manque de me faire dévaler les marches sur les fesses. En m'entendant râler, Gustave sort de sa loge, une main derrière le dos.

– Bonjour, mademoiselle April, me dit-il en souriant.

– Bonjour, Gustave, dis-je, mal à l'aise.

– Je sais que vous avez déjà prévu quelque chose ce soir, mais je voulais vous souhaiter… une bonne Saint-Valentin, me dit-il en me tendant la rose qu'il cachait derrière son dos.

Non…

Je me sens extrêmement mal à l'aise et je ne peux clairement pas la refuser. Il ne fait rien de mal, après tout. C'est juste une rose. Je croise les doigts pour que Jen débarque et lui sorte un mensonge du genre « Elle est allergique aux fleurs », mais non. Mon amie n'apparaît pas à mes côtés et je suis incapable de faire ça à ce pauvre Gustave.

– C'est gentil, merci, réponds-je avec un petit sourire contrit.

Je récupère la fleur qu'il me tend, puis je fais mine de regarder ma montre, que je n'ai pas, et il me fait un petit signe de tête pour me dire qu'il a compris. Je lui souhaite une bonne journée et me dirige vers la porte en rangeant la rose dans mon sac. Au moment de sortir de l'immeuble, j'aperçois une voiture garée quelques mètres devant moi. Mon sang se met à bouillir et mon cœur s'emballe. Mes jambes se ramollissent soudainement et mon souffle se bloque dans ma poitrine.

Bon sang, il est ponctuel !

Je descends les quelques marches qui me séparent du trottoir et la vitre de la voiture se baisse. Je me penche légèrement en avant, tremblante de la tête aux pieds.

– April ? dit-il, surpris.

Ma gorge s'assèche et je hoche la tête.

Merde, c'est à peine s'il m'a reconnue…

– Montez.

Il déverrouille la portière en m'invitant à m'installer. Je relève la tête et aperçois Jen sur le balcon en train de faire une danse de la joie. Je la connais par cœur. Elle ne l'a pas vu, mais si elle se fie à l'Audi A6 dans laquelle je m'apprête à monter, cela lui suffit. Je réprime un petit rire en voyant mon amie. Je me rends compte alors que je suis frigorifiée et décide de sauter le pas en ouvrant la portière pour prendre place dans le véhicule.

Une douce chaleur m'enveloppe instantanément. Les fauteuils sont en cuir beige et il y a plus de boutons sur le tableau de bord que dans un avion de ligne. Je me demande comment on peut arriver à se concentrer sur la route quand on a tous ces écrans et ces boutons à gérer. Je constate qu'aucun papier, gobelet ou autre ne traîne dans l'habitacle. Sa voiture est tellement rutilante qu'on dirait qu'elle sort de chez le concessionnaire. Je tourne la tête vers lui, le cœur au bord des lèvres.

– Bonjour, Matthews, risqué-je timidement.

– Appelez-moi Matt, c'est mieux.

– Très bien, dis-je en hochant la tête.

Son regard me pénètre et me déstabilise en une fraction de seconde.

– J'ai eu du mal à vous reconnaître, poursuit-il.

– Oui, j'ai vu.

Je suis mal à l'aise. Il me sourit et un frisson me parcourt. Je déglutis avec difficulté. Bon sang, je crois qu'il est encore plus charmant qu'hier ! Il a troqué son costume de trader contre un jeans et un pull blanc à grosses mailles. Comme il ne porte pas son manteau, j'aperçois plus en détail le corps que son trois-quarts dissimulait. Je me remémore la dureté de son biceps sous mes doigts et une boule de chaleur se propage dans mon ventre.

– Vous pouvez enlever votre manteau si vous voulez.

– Non, je vous remercie. Je suis bien comme ça.

J'ai l'impression d'être protégée, et vu le regard qu'il pose sur moi, j'en ai grandement besoin. Ma bouche s'assèche et je passe ma langue sur mes lèvres alors qu'une lueur brille dans ses yeux clairs. Je suis à deux doigts de m'évanouir.

– Vous êtes sûre ? Vous êtes toute rouge.

– Oui, oui, mens-je.

– Prête pour rencontrer mes parents, alors? me demande-t-il en souriant.

– Je ne sais pas si le mot est bien approprié.

Un petit rire nerveux s'échappe de ma gorge et j'hésite encore à ouvrir la portière pour partir en courant. Ne me laissant pas le temps d'y réfléchir davantage, Matt démarre et verrouille les portières. Je sursaute en entendant le clic et me retourne vers lui, affolée.

– C'est automatique, dit-il en riant. Détendez-vous, je ne vais pas vous manger.

Une nouvelle bouffée de chaleur m'envahit à cette idée. Je sens le rouge me monter aux joues et le feu s'insinuer entre mes cuisses. Pourquoi cette soudaine hypothèse ne m'effraie pas du tout?

Finalement, il a raison, il faut que j'enlève mon manteau, sinon je vais faire une syncope. Je me tortille sous le regard amusé de Matt pour essayer de retirer mon manteau, mais les embardées que font mes bras ne m'aident pas. Tout à coup, une sueur froide me parcourt l'échine. Merde, ma Clonidine… Ce n'est pas possible, pas aujourd'hui. Je ne peux pas avoir oublié mon cachet un jour pareil! Après avoir déposé mon manteau à l'arrière de la voiture, j'attrape mon sac pour fouiller dedans.

Non, non, non, non, non…

– Un problème? me demande Matt.

– Non, mens-je. Tout va très bien.

À peine ai-je fini ma phrase qu'un petit cri s'échappe de ma gorge. Matt sursaute et me dévisage.

– Un… un chat. J'ai cru voir passer un chat sous la voiture, dis-je en avalant difficilement ma salive.

C'est une catastrophe. Comment vais-je faire ? Ce n'est pas la première fois que ça m'arrive, mais jamais dans des conditions pareilles.

Allez, je peux le faire. Si tout se passe comme prévu, dans moins de douze heures, je serai assise dans mon salon et tout ceci ne sera qu'un lointain souvenir. Douze heures, c'est quoi ? Ce n'est rien finalement. Mon cœur se serre douloureusement.

Je peux le faire, je peux le faire, je peux le faire !

Matt allume la radio et un air de blues emplit l'habitacle, mettant un peu plus à mal mon cœur qui chancelle et mes mains qui gesticulent. Il me jette un œil sur le côté tandis que je me concentre sur la route sans un mot. Outre le fait d'avoir oublié l'inoubliable ce matin, je me sens vraiment déconcertée par Matt. Pourquoi suis-je aussi intimidée ? Je resserre mes genoux l'un contre l'autre quand ses yeux se posent dessus et j'ai toute la peine du monde à retenir des cris. Je ne suis pas à l'aise du tout et le parfum qui vole jusqu'à mes narines finit par m'achever. La fraîcheur des notes de pomme et de bergamote, contrastée par une essence de poivre noir, le tout relevé par un fond de vétiver, de musc, de cardamome et de cannelle. Le parfait équilibre entre puissance et sophistication. Je crois reconnaître *Boss* d'Hugo Boss.

– Je croyais que vous n'aviez pas de petit ami, me dit-il soudain en me faisant sursauter.

Sa voix est teintée de surprise, mais j'y décèle aussi une pointe de curiosité.

Et peut-être un soupçon de déception ?

– C'est le cas, pourquoi ?

D'un mouvement de tête, il me désigne la rose qui dépasse de mon sac.

– Oh, non, dis-je en secouant la tête. C'est Gustave, le concierge de l'immeuble. Il m'aime bien et je n'ai pas eu le courage de refuser. Il se balade tout le temps à moitié nu, mais il est très serviable. Il est toujours disponible pour s'occuper de ma tuyauterie, et moi, je caresse Popol dès que je le croise dans les escaliers. Il adore se frotter contre ma jambe. Il a les poils très doux. Ça me détend de le caresser, je crois que Gustave s'en est rendu compte. Mais notre relation ne va pas plus loin.

Matt me dévisage comme si j'étais cinglée.

– Je vous demande pardon ? s'écrie-t-il en ouvrant de grands yeux surpris.

Merde, qu'est-ce que j'ai dit encore ?

Soudain, mes propos percutent mon esprit et mes joues s'empourprent aussitôt.

Misère…

– Oh, non, non, non, répété-je, paniquée. Ce n'est pas ce que j'ai… j'ai… voulu dire.

Je prends une profonde inspiration, tentant de reprendre mes esprits. Je n'ose imaginer ce qu'il est en train de penser de moi et de Gustave. Un relent de dégoût s'infiltre dans ma gorge. Pour qui va-t-il me prendre? Mon Dieu…

– Popol est son chat et ma tuyauterie est encrassée. Enfin… je veux dire qu'elle est pleine de calcaire. Enfin… non, pas la mienne… celle de ma douche, expliqué-je difficilement.

J'ai très chaud et je sens mon corps entier entrer en éruption.

Heureusement que j'ai ôté mon manteau, sinon c'est sûr, je faisais un malaise vagal.

– Respirez, tout va bien, me rassure-t-il en riant.

Je lui souris, mais je suis loin de me détendre. Je sens mon stress m'envahir et j'ai peur d'avoir une nouvelle crise. Je ferme les yeux en tournant la tête vers la fenêtre. Je me répète qu'on court à la catastrophe, c'est certain. Je sais que je ne devrais pas me mettre dans des situations comme celle-ci, c'est très risqué avec mon syndrome.

Mon Dieu, comment vais-je réussir à tenir ne serait-ce qu'une heure dans la même voiture que lui? Plus je le regarde et plus il me fait penser à l'acteur de *Thor*, Chris Hemsworth – en mieux, c'est peu dire! Je tente de caler ma respiration sur la balade qui s'échappe des haut-parleurs de la voiture.

– Vous êtes nerveuse? me demande-t-il sans quitter la route des yeux.

– On ne peut rien vous cacher, admets-je en riant.

Matt ralentit et enclenche le clignotant, puis se gare sur le bas-côté.

– Écoutez, je n'avais pas l'intention de vous mettre dans l'embarras. Je vous avoue que je ne suis pas très à l'aise non plus. Il serait préférable que je vous ramène.

Mon cœur se contracte douloureusement. Et allez, il remet ça. Cet homme a un gros problème de décision. Il serait du signe de la Balance que ça ne m'étonnerait pas.

Je prends une profonde inspiration et me rends compte cependant qu'il n'a pas tort. Il a dû remarquer que j'avais un « petit » problème. Il n'aura pas tenu bien longtemps. Je suis triste et extrêmement déçue. Mais à quoi devais-je m'attendre? Des filles, il peut en avoir quand il veut, alors pourquoi s'encombrerait-il d'une à moitié cinglée, même pour une seule journée?

Une boule se forme dans ma gorge. Je serre les dents et tourne la tête vers lui. Son regard est fuyant et je comprends qu'il n'a aucune envie que je reste. Je détache ma ceinture avant de passer pour une hystérique et de me mettre à pleurer.

– Ne vous en faites pas, je rentrerai à pied, dis-je en m'apprêtant à sortir.

– Non, attendez, s'exclame-t-il en m'attrapant le poignet pour me retenir.

Aurait-il changé d'avis?

Mon cœur cogne douloureusement dans ma poitrine alors qu'il plonge son regard bleu dans le mien. La chaleur de ses doigts sur ma peau m'électrise et je baigne soudain dans une vague de moiteur. Je retiens mon souffle et nous restons, ce qui me paraît être une éternité, immobiles. Un voile traverse ses yeux, puis je le vois serrer la mâchoire et il relâche mon poignet.

– Il fait froid, je vous raccompagne, lâche-t-il alors sèchement.

Uppercut du droit, crochet du gauche, défaite par K.-O. Et bonne Saint-Valentin surtout, hein !

Son sourire a disparu, la lueur dans son regard aussi. Un frisson glacial me saisit. Mon cœur se contracte à nouveau.

C'est mieux comme ça, il a raison…

Alors que Matt s'apprête à redémarrer, une sonnerie résonne dans l'habitacle et je sursaute. Il s'agit de son téléphone, connecté à la voiture. Matt appuie sur le bouton « Décrocher » en râlant.

– Oui, dit-il d'une voix agacée.

Il semble avoir perdu toute sa bonne humeur, et j'ignore pourquoi, mais je me sens coupable.

– Salut, Matt.

Il se tend et soupire. Une voix de femme… Je ne peux contenir une jalousie ridicule qui s'infiltre dans mes veines.

– Salut, Lisa.

– Alors, il paraît que tu viens accompagné ? Maman m'a appelée ce matin, elle était tout excitée. Tu sais que tu es un sacré petit cachottier !

Sa sœur, évidemment…

Matt me jette un regard que je n'arrive pas à déchiffrer et la panique m'envahit petit à petit.

– J'ai hâte de la rencontrer, continue sa sœur.

Elle a l'air sympa.

– En fait… commence-t-il, hésitant.

– Bonjour, Lisa, lancé-je alors, le coupant dans son élan.

Matt se tourne vers moi, surpris, et je hausse les épaules en grimaçant. Je ne sais pas ce qui m'a pris. Encore cette foutue impulsivité. Il allait me laisser partir et toute cette histoire n'aurait été qu'un mauvais souvenir. Pourquoi a-t-il fallu que j'intervienne?

– Euh… bonjour.

– Lisa, tu es sur haut-parleur, lui explique Matt en me fixant.

Je me mords les lèvres et ferme les yeux, consciente d'avoir parlé trop vite et incapable de soutenir son regard une minute de plus.

– Oh, pardon, s'excuse sa sœur, confuse.

– Il n'y a pas de mal, dis-je alors.

– Bon, je ne veux pas vous déranger. On se voit tout à l'heure, répond Lisa avant de raccrocher rapidement.

Le silence retombe dans l'habitacle et il ne faut qu'une fraction de seconde pour que Matt le brise.

– Qu'est-ce qui vous a pris?

Je consens à rouvrir les yeux et suis happée par son regard couleur azur, redevenu brillant. Mon rythme cardiaque s'accélère et mes mains deviennent moites.

– Aucune idée, j'ai paniqué, dis-je alors en déglutissant. Elle avait l'air tellement contente. Je n'ai pas eu le cœur de la décevoir.

Matt me fixe un long moment sans rien dire. J'ai l'impression d'être transpercée par ses yeux bleus et mon sang pulse dans mes tempes.

– Je suis désolée. Vous vouliez que je parte et…

– Vous êtes un peu impulsive, non? me coupe-t-il, un demi-sourire accroché aux lèvres.

– Dit celui qui propose à une inconnue de l'accompagner pour la Saint-Valentin chez ses parents, ne puis-je m'empêcher de souligner.

Il éclate d'un rire franc et se détend. C'est la première fois que je le vois rire, mon cœur se délecte de ce spectacle. C'est fou comme il peut paraître froid à un moment et ultrabouillant la seconde d'après. Cet homme me trouble énormément, d'autant que je n'arrive absolument pas à le cerner. Il semble se battre contre quelque chose qui m'échappe.

– Si vous voulez, vous pouvez toujours leur expliquer que je ne me suis pas sentie bien et qu'il a fallu que vous me rameniez chez moi.

Matt se passe une main sur la nuque et se la masse quelques secondes. Je l'observe, tendue, puis il me regarde à nouveau. Je cligne des paupières plusieurs fois. Je suis nerveuse dès qu'il pose les yeux sur moi. C'est étrange et très déstabilisant. Cela faisait très longtemps que je n'avais pas ressenti une telle confusion. Quand il me regarde comme il le fait en ce moment, je comprends que mon impulsivité est de connivence avec mon cœur. Matt me sourit doucement et je fonds un peu plus encore, attendant fébrilement la sentence.

– Allons jusqu'au bout.

Jusqu'au bout? C'est-à-dire? Quel bout?

– Très bien, lui réponds-je avec un petit sourire.

Mes lèvres tremblent et Matt se réinsère au milieu du ballet de voitures. Il remonte les manches de son pull sur ses avant-bras. Je l'observe à la dérobée, analysant chaque centimètre carré de sa peau. Il porte une montre, sûrement hors de prix, au poignet gauche, qui caractérise le trader en puissance, et un bracelet tressé en cuir noir au poignet droit. Mon regard remonte doucement le long de ses avant-bras musclés et la présence de quelques veines gonflées fait palpiter mon cœur – et pas que… Cet homme est beau comme un dieu et je me demande bien pourquoi il est célibataire. Quel vice cache-t-il? Alors que je me mords la lèvre inférieure en tentant de deviner ses sombres secrets, il tourne la tête vers moi, me faisant sursauter et rougir en même temps. Je me remets dans l'axe de la route en coinçant mes mains entre mes cuisses et en me mordant l'intérieur de la joue pour ne pas pousser de petits cris. Je sens son regard sur moi et j'ai envie de lui demander d'arrêter, mais je me tais, appréciant étrangement qu'il me passe en revue comme il le fait en ce moment. Cela fait si longtemps qu'un homme ne m'a pas regardée, que j'en avais oublié les effets – Gustave exclu bien sûr. Je sens le feu ravager mes joues et l'intérieur de mes cuisses, que je resserre un peu plus.

Matt reste aussi silencieux que moi et nous n'échangeons pas un mot de tout le trajet. Sans doute parce que nous n'avons rien en commun. Il n'y a qu'à voir son métier et cette voiture. Nous venons de deux mondes tellement différents. Je me demande s'il m'aurait fait cette proposition si je ne lui avais pas dit que j'étais architecte. Je n'ai pas honte de mon métier, mais d'habitude, je ne rencontre pas ce genre d'homme…

8

Matt

J'ai soudain très chaud et je remonte les manches de mon pull. Je maudis Lisa d'avoir appelé, je me maudis d'avoir entraîné April dans cette histoire, et je la maudis de me perturber autant. Je ne me reconnais pas. Moi, le maniaque du contrôle, je suis sur un terrain glissant et je déteste ça. Ce mensonge était une très mauvaise idée. Je ne sais pas ce qui m'a pris de lui avoir proposé de m'accompagner aujourd'hui. Je ne sais absolument rien de cette fille. Je l'ai d'ailleurs à peine reconnue tout à l'heure.

Elle est encore plus charmante que dans mes souvenirs.

J'aurais dû accepter qu'elle rentre à pied. Tout ne s'est joué qu'à quelques secondes. Si je l'avais laissée partir, elle n'aurait plus été dans la voiture quand Lisa a appelé. Je tapote nerveusement le volant du bout des doigts alors que « Slightly Hung Over » de Blues

Delight emplit l'habitacle. Cette lente mélodie fait naître dans mon esprit des images qui accélèrent mon rythme cardiaque. April me rend nerveux. Je ne sais pas si je serai assez fort pour résister à la tentation.

Sentant son regard sur moi, je tourne la tête et elle sursaute en se redressant sur son siège. Elle m'observait à la dérobée et un léger sourire en coin se dessine sur mes lèvres. Mon sang afflue par vagues vers toutes mes extrémités. Bon sang qu'elle m'excite ! Je sens ma queue se réveiller. Depuis que j'ai croisé son regard hier à Macy's, je n'arrive pas à m'enlever de la tête l'envie de l'embrasser, de la caresser et de la prendre fiévreusement. Cette pulsion aurait pu s'arrêter si je n'avais pas souhaité la revoir. C'est la première fois que ça m'arrive. D'habitude, tout va très vite. Je rencontre une fille à un bar dans un hôtel lors de mes déplacements, je l'invite à boire un verre et on finit dans ma chambre. Le lendemain, je pars du séminaire et je n'éprouve absolument aucune envie de la rappeler. Avec April, c'est différent. Peut-être parce que je n'ai pas encore couché avec elle ? Peut-être que c'est la solution…

J'observe son profil régulier, son petit nez droit et ses pommettes roses. Sa bouche est entrouverte et le bout de sa langue vient humidifier sa lèvre inférieure. Elle est belle, c'est indéniable. Bien plus belle que toutes celles avec qui j'ai couché ces dernières années. Elle a quelque chose que les autres n'ont pas. Une élégance, une fraîcheur, presque une naïveté.

Un léger frisson vient secouer mon entrejambe et je suis obligé de tirer sur mon jeans pour être plus à l'aise. Je déglutis en fixant ses mains qui sont coincées entre ses cuisses et font remonter le bas de sa robe. Je ferme les yeux une fraction de seconde et redirige mon attention sur la route.

Dans quoi me suis-je embarqué ?

9

April

– Nous sommes arrivés, dit-il en brisant le silence.

Un grand portail en fer forgé se dresse devant nous. Après presque une heure de route, nous apercevons enfin le domaine familial. Matt se redresse sur son siège et tourne la tête vers moi. Je me raidis à mon tour, anxieuse.

– OK, dis-je en inspirant profondément avant de tourner la tête dans sa direction.

Une lueur étrange voile son regard.

– Il est encore temps de tout annuler, tente-t-il.

Non mais, ce n'est pas vrai, ça lui reprend !

– Et leur briser le cœur ? m'écrié-je. Autant attendre demain. Ne gâchons pas l'anniversaire de mariage de vos parents.

Le portail automatique s'ouvre et il avance doucement.

– Vous ne seriez pas Balance, par hasard ? lui demandé-je alors, intriguée.

Il rit doucement, comprenant ma question, et me sourit largement.

– Non, Taureau. Et vous?

– Vierge, réponds-je avec un sourire en coin.

Un éclat traverse son regard et je me mords l'intérieur de la joue. Puis la voiture s'arrête et j'aperçois une femme sur les marches du perron.

– Il semblerait que nous soyons attendus, lui fais-je alors remarquer.

– J'ai prévenu ma mère que notre histoire n'était pas sérieuse. Je ne voudrais pas qu'elle s'attache trop à vous.

– Très bien, dis-je en serrant les dents. Délicate attention.

Un tison ardent se plante douloureusement dans ma poitrine. A-t-il vraiment peur que ce soit sa mère qui s'attache?

Tout à coup, il se tend et semble extrêmement nerveux. Je vois les jointures de ses doigts blanchir sur le volant qu'il n'a pas encore lâché malgré l'arrêt de la voiture.

– Tout va bien? lui demandé-je, inquiète.

Il se passe les mains sur le visage.

– Oui. C'est juste que ça fait très longtemps que je ne suis pas venu accompagné.

Il paraît triste tout à coup, presque torturé, et mon cœur se serre. Je ne sais pas ce qui lui est arrivé par le passé, mais il semble en souffrir encore. Il pousse un profond soupir avant de se décider à sortir.

– Allez… demain tout sera terminé, poursuit-il en ouvrant la portière.

Il s'extrait du véhicule, laissant un courant d'air glacial s'infiltrer. Les effluves de son parfum volent jusqu'à moi et un long frisson me parcourt.

Ça y est, c'est le moment.

Inspire, expire, inspire, expire…

Je suis comédienne et je peux y arriver.

Dans le rétroviseur, je vois la mère de Matt dévaler les escaliers et le prendre dans ses bras.

– Mon chéri, que je suis contente de te voir, s'écrie-t-elle.

Elle doit avoir la soixantaine, des cheveux grisonnants retombant en cascade sur ses épaules. Elle porte un ensemble gris et rouge, très élégant.

– Moi aussi, maman, lui répond Matt en se figeant quelque peu.

J'attrape mon manteau que j'enfile pour ne pas attraper froid. Je prends une profonde inspiration, ferme les yeux et entre dans mon rôle. J'ouvre la portière et m'extirpe avec le plus d'aisance possible en affichant un large sourire décontracté sur le visage. Sa mère se tourne vers moi et m'ouvre les bras en grand pour m'accueillir.

– Que je suis heureuse de vous rencontrer…

Elle semble chercher mon prénom et je m'en amuse intérieurement. Heureusement, Matt s'en rend compte et comble les lacunes de sa mère.

– April, dit-il.

– Bien sûr. April. Je le savais. Matt nous a tellement parlé de vous.

J'étouffe un petit rire et je le vois lever les yeux au ciel en secouant doucement la tête.

– C'est un plaisir, madame.

– Oh, s'il vous plaît, appelez-moi Betty.

Ses yeux sont aussi bleus que ceux de son fils. Elle me serre dans ses bras et je constate que Matt nous observe discrètement.

– Charles, chéri, viens voir, crie-t-elle en direction de la maison.

Un homme grand aux cheveux poivre et sel apparaît alors, le sourire aux lèvres. Il porte un pantalon foncé et un pull gris clair. Il a le même sourire que son fils, la même prestance. J'imagine qu'il devait être aussi beau que Matt à son âge, bien qu'il ait encore beaucoup de charme.

– Je te présente April, la petite amie de Matt.

À l'appellation « petite amie », je me mets à sourire davantage alors que Matt se raidit. Il a visiblement un gros problème avec le fait d'être en couple.

– Enchanté, dit-il en me serrant la main. Je suis heureux de voir qu'enfin mon fils nous ramène quelqu'un à la maison. On commençait à se poser des questions.

Il se met à rire grassement avant de donner une tape chaleureuse sur l'épaule de son fils, qui ne vacille même pas sous la brusque marque d'affection de son père.

– Vous n'avez aucun souci à vous faire à ce niveau-là, m'entends-je lui répondre.

Je me mords l'intérieur de la joue en voyant les trois regards braqués sur moi, dont un, brûlant.

Est-ce que je viens sérieusement de laisser entendre à mes faux beaux-parents – que je rencontre pour la première fois – que leur fils et moi entretenons une vie sexuelle tout à fait épanouissante ?

Mon Dieu…

Réfléchis avant de parler, April…

Aussitôt, mes joues s'empourprent et je souris maladroitement. Je plonge mes mains dans mes poches, de peur qu'elles ne commencent à battre l'air autour de moi. Puis Matt s'avance pour entrer dans la maison.

– Belle entrée en matière, me murmure-t-il en passant à côté de moi.

Il me sourit en coin, pose un regard incandescent sur moi et je me liquéfie sur place. Puis il suit son père à l'intérieur de la maison.

Je me retourne vers Betty, qui continue de me sourire.

– Je suis navrée. Ma remarque était déplacée, dis-je, mal à l'aise.

– Oh, me répond Betty en riant. Ne vous en faites pas. Je suis ravie d'apprendre que mon fils est un homme épanoui dans sa vie sexuelle.

Si seulement je pouvais la partager avec lui…

À cette pensée, je rougis de plus belle. Puis Betty m'invite à la suivre. Je suis éblouie par la splendeur de leur demeure. Tout en bois, elle se fond merveilleusement bien dans le décor. Je gravis quelques marches et pénètre dans une entrée où je suis invitée à poser mon manteau et mon sac. Je découvre ensuite la pièce principale, baignée d'une lumière chaleureuse grâce aux trois grandes baies vitrées qui donnent sur le lac Michigan. J'en ai le souffle coupé. Même si l'intérieur est en bois également, ce n'est pas pour autant que j'ai l'impression d'être dans un chalet de montagne. La décoration est raffinée, les meubles élégants. Deux énormes sofas en cuir gratté trônent dans le salon à côté d'une immense cheminée où crépitent de belles flammes. La chaleur du feu m'enveloppe. De l'autre côté de la pièce principale, se tient une grande table joliment décorée. Tout ce que j'aime. Je ne m'attendais pas à une telle beauté.

– Bon sang, Betty, votre maison est splendide, lancé-je.

– Je vous remercie, me répond-elle en souriant.

– Est-ce que Matt a grandi ici? demandé-je, curieuse.

– Oh, non. Nous avons déménagé ici il y a cinq ans. Avant, nous habitions un grand loft au centre de Chicago.

Matt est donc un urbain, pur et dur. Même si j'adore le centre-ville de Chicago, je souris en m'imaginant me détendre l'été, au bord de l'eau. Quelle chance d'avoir un tel havre de paix à proximité!

– Que ça doit être bon de se reposer l'été, ici.

– Ce n'est malheureusement pas l'avis de mon fils. Il ne vient jamais nous voir.

Mon cœur se serre devant la mine triste de Betty. Il est évident qu'elle aimerait que Matt vienne plus souvent. Il a dû se passer quelque chose.

– Mais il travaille beaucoup et n'a pas une minute à lui, ajoute-t-elle comme pour lui trouver une excuse.

Si mes parents étaient à une heure de chez moi, dans une maison telle que celle-là, je passerais beaucoup de week-ends chez eux, c'est certain.

– Enfin, j'imagine que vous voyez de quoi je parle, conclut-elle avec un large sourire.

– Oui, très bien, dis-je en riant malgré moi.

Matt et son père s'approchent de nous. Mon « petit ami » garde ses mains enfoncées dans ses poches et sa démarche est assurée. Il se tient droit et je remarque qu'il paraît un peu plus grand que lors de notre rencontre. Une douce chaleur me fait frissonner et je jurerais que ce n'est pas à cause du feu qui crépite derrière moi.

– Alors April, que faites-vous dans la vie? me demande Charles.

– Je suis... architecte, dis-je, mal à l'aise.

– Oh, formidable, me répond-il en lançant un regard à son fils.

Le regard du style « Bravo, mon fils d'avoir ramené une fille avec une telle situation ».

Mon cœur se contracte. S'il savait qu'au fond je ne suis qu'une comédienne ratée, il ne serait probablement pas aussi enthousiaste pour son fils, c'est certain. Tout à coup, je me sens mal à l'aise. J'ai comme l'impression de leur mentir. À vrai dire, c'est ce que je fais. Ma présence ici n'est qu'un mensonge. Alors pourquoi l'idée même de les décevoir me dérange autant?

– Il faudra que vous me donniez votre avis sur un projet d'agrandissement, ajoute son père.

Oh, misère…

– Oui, avec plaisir, dis-je sans m'arrêter de sourire.

Je manque d'air soudainement et j'entrelace mes doigts afin de stopper leurs mouvements saccadés. La panique me gagne. S'il veut des conseils en architecture, je suis mal barrée – et lui aussi.

– Laissez-la un peu respirer, nous venons à peine d'arriver, lance Matt en passant à côté de moi sans un regard.

J'ai du mal à cerner ce garçon. Je n'ai pourtant pas rêvé ses regards en coin dans la voiture, ni cette atmosphère étrange chargée… d'ambiguïté. Pourquoi est-il tout à coup si distant, si froid?

– Ce n'est rien. Je serais ravie de vous donner mon avis, réponds-je à Charles.

Soudain, j'entends un bruit de roulettes mal graissées. Je me tourne et découvre une vieille dame toute fripée, poussant un déambulateur, entrer dans le salon. Betty se précipite vers elle pour l'aider à s'asseoir sur un fauteuil.

– Bonjour, mamie, lui lance Matt en s'approchant d'elle pour l'embrasser sur la joue.

Elle ne réagit pas et je comprends rapidement que son esprit est ailleurs, depuis longtemps.

– Maman, je te présente April, la petite amie de Matt, dit Betty en articulant et en détachant bien tous les mots pour qu'elle comprenne.

– Bonjour, madame, dis-je, mal à l'aise.

La vieille dame relève la tête vers moi, plisse les yeux d'un air douteux et pince ses lèvres fines.

– Menteuse, s'écrie-t-elle en me pointant d'un doigt tremblant.

Je sursaute et laisse échapper un petit cri incontrôlable. Comment une petite femme toute rabougrie, qui semble ne plus avoir toute sa tête, peut-elle, d'un simple regard, savoir que je mens ? Je me recule d'un pas et heurte le torse de Matt. Je me retourne, pousse à nouveau un petit cri et manque de tomber en trébuchant sur le tapis. Il me rattrape le bras d'une main ferme. Une décharge électrique me traverse et un voile floute ses yeux. L'espace d'un instant, j'ai l'impression de retrouver le Matt de la voiture. Alors que mon regard s'ancre dans le sien, ma panique disparaît, laissant place à une incroyable chaleur intérieure.

– Tout va bien, April ? s'écrie Betty.

– Oui, bafouillé-je.

– Ne faites pas attention à ma mère, elle n'a plus toute sa tête.

Je hoche la mienne alors que Matt relâche sa prise en déglutissant. L'empreinte de ses doigts sur mon bras me laisse une douloureuse impression de manque sur ma peau.

– Bon, alors fils, comment se porte la Bourse ? lance Charles à Matt.

Betty m'invite à la rejoindre dans la cuisine.

– Quand ils se mettent à discuter de la Bourse, on ne peut plus les arrêter.

Je ris doucement et la suis en jetant un dernier regard dans la direction de Matt, qui ne m'a pas lâchée des yeux.

La cuisine est bien équipée et je sens que Betty aime cuisiner. Plusieurs robots ménagers trônent sur le plan de travail. Des casseroles en cuivre sont pendues au-dessus de la hotte, servant certainement plus de décoration qu'autre chose, et une grande barre aimantée regroupe une belle collection de couteaux. Elle ouvre la porte du four, attrape une poire à jus et arrose le porcelet doré.

– Vous n'êtes pas végétarienne, j'espère ?

– Oh, non, la rassuré-je. Ma mère préparait souvent des porcelets quand j'étais enfant.

Betty se retourne et me sourit.

– Vous avez un accent. D'où venez-vous ?

– De Londres.

– Oh, vous êtes anglaise ? Comme le monde est petit. Matt a fait une partie de ses études là-bas, mais vous devez le savoir, j'imagine.

Je suis étonnée de l'information et souris en découvrant que nous aurions pu nous croiser dans les rues de ma ville natale.

– Oui, bien entendu. Cela nous a fait beaucoup rire d'ailleurs quand nous l'avons découvert.

Sa mère me regarde avec beaucoup d'affection et je m'en veux de lui mentir. Elle semble si gentille.

– Je suis vraiment heureuse que mon fils ait enfin trouvé quelqu'un, me confie-t-elle.

Je souris, mal à l'aise et le cœur serré.

– Sa dernière histoire s'est tellement… mal terminée, dit-elle la gorge nouée par l'émotion. J'avais peur qu'il ne veuille plus jamais se remettre en couple.

– Ah oui ?

– Vous… vous n'êtes pas au courant ? Il ne vous a rien dit ?

– Non, admets-je en secouant la tête.

– Oh, zut. Écoutez, je suis navrée, April. Ce n'est pas à moi de vous en parler. Excusez-moi, souffle-t-elle, visiblement très embêtée. Ne lui dites pas que je vous en ai parlé.

Ma curiosité est piquée, mais je ne peux décemment pas lui poser des questions indiscrètes. Ça ne se fait pas, même si je meurs d'envie de savoir ce qui est arrivé à Matt. Je suis persuadée que cela a à voir avec son comportement d'aujourd'hui et son refus de quitter son célibat.

– Ce n'est pas grave, Betty. Ne vous en faites pas, je ne dirai rien.

Elle part remuer les légumes et je m'assieds sur le bord d'un tabouret.

– Alors, dites-moi, April, depuis combien de temps êtes-vous ensemble avec Matt ? demande soudain Betty en se retournant.

Zut de flûte...

Oh, non mais, sérieusement ? On avait une heure de trajet et on n'a même pas pensé à élaborer une histoire pour notre rencontre ! Je déglutis et inspire profondément. Plusieurs hypothèses défilent dans ma tête. Une semaine ? Non, trop tôt. Un an ? Non, beaucoup trop. Tout se bouscule dans mon crâne. Il m'a dit avoir prévenu sa mère que notre histoire n'était pas très sérieuse. Du coup, j'opte pour ce qui me semble le plus crédible.

– Trois mois.

– Oh, c'est récent.

– Oui, c'est tout neuf.

Avant que Betty me pose d'autres questions indiscrètes pour lesquelles je ne suis pas préparée, la porte de la maison s'ouvre en grand. Une jeune femme, qui ressemble beaucoup à Matt, arrive, un bébé dans les bras et un sac à langer sur l'épaule. Je pousse un soupir de soulagement, ayant échappé à un interrogatoire en règle.

– Bonjour, tout le monde.

– Bonjour, ma chérie, lui lance Betty en venant la débarrasser du sac à langer avant de l'embrasser.

Un homme arrive à sa suite, grand, mince et barbu, avec un second bébé, et tout aussi chargé. En quelques secondes, l'ambiance s'anime. Betty se jette sur l'un des bambins.

– Oh, Jeff, donnez-moi donc ce petit ange, dit-elle en tendant les bras.

– Allez, Jacob, va voir mamie, dit-il en souriant.

Le bébé gazouille et rit aux éclats en atterrissant dans les bras de Betty. Matt et son père viennent saluer tout le monde. J'observe mon faux petit ami du coin de l'œil. Une lueur étrange passe dans ses yeux quand il aperçoit les jumeaux de sa sœur. Je le vois serrer la mâchoire en les embrassant rapidement sur le haut du crâne. Je sais que les bébés sont plus un truc de femme en général, mais il semble rester sur la réserve. Il salue sa sœur, puis empoigne la main de son beau-frère avant de faire un pas en arrière.

Je poursuis mon observation discrètement. L'attitude de Matt est glaciale malgré un sourire d'apparence. Il se tient droit, les bras croisés sur le torse et semble en retrait face à cette effervescence. J'ai suffisamment étudié les postures lors de mon cursus théâtral pour reconnaître quand quelqu'un n'est pas à l'aise, et c'est clairement le cas ici. Soudain, il tourne la tête et fixe son regard sur moi. Je suis prise la main dans le sac à le dévisager, mais décide d'assumer. Je ne détourne pas les yeux, cherchant à comprendre ce qui se trame dans sa tête et j'ose même lui faire un petit sourire. Avant que Matt puisse éventuellement y répondre, Jeff vient me saluer, puis va taper sur l'épaule de son beau-frère, interrompant notre échange de regards.

La maison se remplit d'une ambiance familiale qui me manque tant. Cela fait trois ans que nous ne sommes pas rentrées à Londres, avec Jen. Nos finances ne nous le permettant pas, nous repoussons notre voyage chaque fois un peu plus. Une certaine nostalgie s'empare de moi. C'est dans ces moments-là que ma famille me manque.

Après quelques secondes, Lisa se tourne vers moi en souriant.

– S'il faut que j'attende que mon frère nous présente, on sera au dessert que je ne saurai toujours pas ton prénom. Moi, c'est Lisa, la sœur intrusive.

Je ris et sa bonne humeur fait redescendre la pression.

– Et moi, c'est April. Je suis ravie de faire ta connaissance.

– Et moi donc ! s'écrie-t-elle.

Ses longs cheveux châtains retombent jusqu'au niveau de ses reins. Elle est petite et doit faire environ un mètre soixante-cinq alors que son mari semble aussi grand que Matt. Ses yeux bleus, les mêmes que son frère, sont pétillants et je la trouve tout de suite très sympathique. À première vue, je dirais qu'elle est plus jeune que Matt. Environ 26 ans, comme moi, je pense. Soudain, elle se met à se tortiller sur place.

– Ça te dérangerait de prendre Amy ? Il faut que j'aille faire pipi, me demande-t-elle en grimaçant.

Un bébé? Dans les bras d'une fille atteinte du syndrome de La Tourette?

– Euh non… pas du tout, dis-je en attrapant le bébé que Lisa me fourre déjà dans les bras avant de disparaître.

Ma panique s'estompe au moment où la petite fille attrape ma main et me dévisage de ses grands yeux bleus. Mon cœur fond littéralement quand je plonge mon regard dans le sien, si innocent. Ma gorge se serre. Je ne m'attendais pas à être aussi émue. C'est la première fois que je porte un enfant. Je m'y suis toujours refusée, trop angoissée à l'idée d'une maladresse, d'un accident. Les secondes défilent et je reste hypnotisée par cette douceur, cette candeur, cette pureté. Le syndrome étant génétique – une arrière-arrière-arrière-grand-mère pour ma part –, je me suis faite à l'idée depuis quelques années que je n'aurais pas d'enfant, même si je suis encore jeune. Mais tandis que je regarde Amy me sourire, quelques larmes s'agglutinent sous mes paupières.

Soudain, elle émet de petits bruits et je commence à sautiller sur place pour la bercer.

Pitié, faites qu'elle ne pleure pas!

Je respire profondément en prenant soin de ne pas la brusquer, de ne pas lui faire peur. Qu'est-ce qu'elle est jolie!

Je jette un œil vers Matt et mon regard accroche le sien, chaud et percutant. Pourtant, son corps est tendu à l'extrême. Il me désarçonne totalement.

Charles propose de servir l'apéritif. Lisa revient des toilettes et elle me regarde en souriant. Puis ses yeux se posent sur son frère et son sourire s'efface doucement. En voyant sa mère, Amy lui tend les bras et je la lui rends.

– Elle est adorable, dis-je en souriant.

– Ça, c'est parce que tu n'avais qu'elle dans les bras. Tu devrais la voir avec son frère, dit-elle en secouant la tête. De vrais petits monstres !

Elle éclate de rire et Amy glousse dans ses bras. Betty installe un grand molleton sur le sol et y dépose Jacob. Amy ne tarde pas à rejoindre son frère.

Je les regarde, et l'espace d'un instant, j'imagine que tout ceci est réel. Je crois que je me sentirais bien dans cette famille et ce constat ne fait que contracter encore plus douloureusement mon cœur. J'en veux un peu à Matt de m'avoir entraînée dans ce mensonge. Si seulement ils étaient tous exécrables, j'aurais moins de scrupules et ce serait moins difficile.

Je tourne la tête dans sa direction. Il est en pleine discussion avec son père concernant le whisky que ce dernier est en train de lui servir. Je me mets à rêver de ce que pourrait être ma vie si j'étais effectivement sa petite amie. Mais je me remémore sa phrase avant de sortir de la voiture. « Demain tout sera terminé. » Il a raison. Tout ceci n'est qu'un jeu auquel je suis en train, dangereusement, de prendre goût. Il faut que je me ressaisisse.

J'attrape le muscat que me tend mon hôte et lève mon verre. Nous trinquons à l'anniversaire des jumeaux, mais également à l'anniversaire de mariage de Charles et Betty. Les verres s'entrechoquent dans des tintements aigus et j'avale une grande gorgée qui brûle délicieusement mon œsophage.

– Bonne Saint-Valentin, mon chéri, s'écrie alors Betty en embrassant son mari.

Lisa se tourne vers Jeff et l'embrasse également. Mon ventre se tord quand mon regard croise celui de Matt, qui semble aussi embarrassé que moi. Nous restons un long moment, immobiles, sentant le regard de tous sur nous. Matt m'a dit qu'il ne serait pas nécessaire de s'embrasser, mais soudain mon cœur s'emballe. Je passe ma langue sur mes lèvres, mes mains deviennent moites. Son regard pénétrant me coupe le souffle.

– Bonne Saint-Valentin, me dit-il doucement en se penchant vers moi.

Son parfum m'envahit les narines. Il pose sa main au creux de mes reins et la chaleur qu'il dégage me fait frissonner. La panique me gagne. Je suis à deux doigts de pousser un cri incontrôlable, mais au dernier moment, Matt se décale et m'embrasse… sur la joue.

Outch… la claque…

10

Matt

Mon père me sert un whisky et nous levons nos verres aux divers anniversaires du jour. Mon regard se pose sur April, qui paraît tellement à l'aise au milieu de ma famille. De douloureux souvenirs remontent à la surface. Il y a plus de huit ans, je présentais Sophie à mes parents. Depuis notre rupture, April est la première fille qu'ils rencontrent. J'ai beau leur avoir dit que notre histoire n'était pas très sérieuse, je ne peux que constater leur bonne entente et je me sens coupable de leur mentir comme ça.

Je m'en veux d'avoir monté ce stratagème pour être tranquille. J'en veux à April d'être aussi douée pour jouer ma petite amie, à croire qu'elle a ça dans le sang. Mais j'en veux aussi à ma mère de me pousser contre mon gré à rencontrer quelqu'un, à tomber amoureux, à fonder une famille. Comme si la dernière fois ne lui avait pas suffi, ne nous avait pas suffi à tous… J'avale une longue gorgée de whisky et ma gorge me brûle. Est-ce l'alcool ou ces souvenirs trop amers qui remontent à la surface? Puis mon regard se pose sur les jumeaux et mon cœur se serre. Je bois une deuxième gorgée.

Un éclat de rire d'April me fait sursauter. Son visage s'illumine et je me sens plus léger. Mes yeux descendent le long de ses jambes. Sa robe en laine s'arrête au milieu de ses cuisses et je m'imagine passer ma main dessous pour la faire remonter sur ses fesses. Mon envie d'elle ne s'est pas estompée… Si seulement je pouvais coucher avec elle sans qu'il y ait de conséquence ou de promesse. Cependant, plus je la regarde et plus je décerne en elle un côté romantique qui n'est absolument pas compatible avec mon état d'esprit. Je n'aspire qu'à une chose: passer du bon temps et reprendre le cours tranquille de ma vie, sans prise de tête.

– Bonne Saint-Valentin, mon chéri, s'écrie maman en m'éloignant de mes pensées lubriques.

Elle embrasse mon père, et le regard qu'ils s'échangent transpire l'amour pur. Un jour, j'y ai cru, moi aussi. J'ai cru que je pourrais avoir droit à ce bonheur parfait. Mais c'était avant…

Lisa se tourne vers son mari et l'embrasse également. Je tourne la tête et croise le regard d'April. J'y lis une certaine angoisse, mais surtout une envie que je partage pleinement. Je suis tiraillé entre le désir de l'embrasser et celui de la fuir pour ne pas attiser un feu que je sais d'avance difficile à contrôler. Je la vois déglutir et fermer les yeux. Je reconnais ces signaux. Elle en a envie autant que moi, c'est certain. Mais je ne peux pas lui faire ça. Je ne veux pas qu'elle puisse y voir quoi que ce soit de romantique. Le peu que j'ai entraperçu d'elle me laisse penser qu'elle n'est pas du genre à aimer les coups d'un soir.

Elle se passe la langue sur les lèvres et mon cœur se met à battre plus fort. Pourquoi est-ce que son regard me provoque une telle bouffée de chaleur? Je n'arrive pas à la quitter des yeux. Hors de question que je l'embrasse, et pourtant je suis en train de m'avancer dangereusement vers elle. Ma gorge s'assèche soudain et je suis tenté d'avaler cul sec le reste de mon whisky. Une teinte rouge s'empare de ses joues et elle ferme les yeux un moment. Elle est vraiment très belle, ce serait dommage de ne pas en profiter. Mais imaginons qu'elle me gifle devant toute la famille… Ou pire, que j'y prenne goût et que je ne puisse plus la lâcher…

– Bonne Saint-Valentin, lui dis-je doucement en me décalant pour poser mes lèvres sur sa joue.

Elle sursaute et je sens les regards de ma famille sur nous. Ils savent que je suis très réservé en ce qui concerne les gestes tendres et ne seront pas trop surpris de mon chaste baiser. Elle, par contre, semble décontenancée, blessée, déçue…

Pourquoi le suis-je aussi?

11

April

– Asseyons-nous, lance Charles en s'installant dans un fauteuil.

Le reste de la famille suit son exemple et je reste immobile, toujours sous le choc de ma déception. Je me force à respirer calmement en me maudissant d'avoir oublié mon cachet ce matin. Mais je suis aussi furieuse contre Matt. Est-ce si horrible de poser ses lèvres sur les miennes ? Suis-je aussi moche ? Aussi repoussante pour qu'il n'ait pas envie de m'embrasser ? Je sens la colère monter en moi et, à mon grand désarroi, une crise pointer le bout de son nez.

Je n'ai pas le temps de réfléchir que ma bouche se met en action sans mon consentement.

– Connard, m'écrié-je.

Tout le monde se retourne vers moi et j'ouvre de grands yeux, aussi surprise qu'eux et certainement bien plus mal à l'aise. Heureusement, j'arrive à me reprendre assez vite en pointant du doigt le lac Michigan que j'aperçois derrière Matt.

– Canard ! J'ai vu un canard !

– Oh, oui, c'est assez courant ici, dit Charles en prenant place sur un fauteuil.

Matt me regarde, déconcerté, et je sens qu'il ne croit pas une seconde à cette histoire de canard. Je tourne la tête, cherchant un moyen de m'échapper sans que personne s'en aperçoive. En vain. Je finis par croiser le regard de la grand-mère, braqué sur moi. J'en ai la chair de poule. Elle ne cille pas, immobile. Je me sens jugée, percée à jour, nue. Et, à mon grand désarroi, ma bouche se remet à dire n'importe quoi.

– Vieille chouette, crié-je à nouveau.

Le rouge me monte aux joues et je n'ai qu'une envie, disparaître sous terre. J'avale difficilement ma salive et pointe à nouveau le doigt en direction du jardin.

– Nous avons une faune très variée ici, ajoute Charles sans se soucier le moins du monde de mon état de nervosité.

– Je-je-je n'ai pas l'habitude, expliqué-je difficilement, de voir ce genre d'animaux en plein cœur de Chicago-go-go.

Plusieurs têtes se retournent vers moi et j'attrape mon verre de muscat que je finis cul sec.

– Quelle descente ! remarque Charles en se levant pour me resservir.

– Je suis désolée. Il est excellent, dis-je en m'empourprant à nouveau.

– Ne le soyez pas. Je ne bois que du whisky et Betty ne boit que très rarement de l'alcool. C'est un plaisir de voir que quelqu'un apprécie les bonnes choses de la vie.

Il me renvoie un large sourire qui me détend légèrement.

– Asseyez-vous donc, April, vous serez mieux, me dit Betty.

Je sursaute en manquant de renverser mon verre. Puis je jette un œil vers le sofa et me sens fébrile au moment où je m'avance pour prendre place à côté de Matt. Il ne m'a pas lâchée des yeux depuis mes diverses élucubrations. Il semble essayer de me sonder et un courant chaud s'engouffre sous ma robe. Quand je m'assieds à côté de lui, je le sens se tendre et je ne sais comment l'interpréter. J'aurais parié tout à l'heure qu'il avait envie de moi quand nous étions dans la voiture. Mais devant son attitude si étrange, je n'en suis plus si sûre. S'est-il rendu compte que j'étais à moitié folle? Est-ce pour cela qu'il semble si distant?

De vieux démons refont surface et l'oxygène remplit douloureusement mes poumons. Qui voudrait de moi avec cette maladie? Je m'en veux de m'être laissé séduire l'espace d'une seconde par cette situation. Je m'en veux d'avoir cru que je pourrais l'intéresser. Et surtout, je lui en veux de m'avoir fait cette proposition que j'étais incapable de refuser. Il faut que je me fasse une raison. Je suis comédienne et j'ai un rôle à jouer. Rien de plus.

La discussion s'anime autour de nous, mais je n'arrive pas vraiment à me concentrer. Ils parlent de gens que je ne connais pas, de souvenirs qui ne me disent rien. Lisa s'en aperçoit rapidement et change de sujet.

– Et si on passait aux cadeaux? s'écrie-t-elle avec un large sourire.

Je lui souris en retour. Elle est très attentionnée et me plaît beaucoup. Matt se lève pour aller chercher un sac contenant les cadeaux et soulève une traînée de parfum sur son passage. Mes narines frémissent. Mon cœur s'emballe.

Décidément, mon corps et mon esprit ne sont vraiment pas coordonnés.

Il tend à ses parents un paquet argenté et Betty donne son verre à son mari pour pouvoir l'ouvrir. Elle découvre avec de grands yeux la nappe et les serviettes assorties.

– C'est superbe, s'écrie-t-elle. J'en voulais justement dans ce style. J'en parlais à Charles encore la semaine dernière. C'est incroyable. Merci beaucoup, les enfants.

Je tourne la tête vers Matt, qui m'ignore royalement. Depuis cette histoire de baiser tout à l'heure, il s'est renfermé encore plus et dégage autant de chaleur qu'un iceberg. Je me surprends à jeter un œil à la pendule accrochée au mur. La journée est loin d'être finie.

– J'imagine que tu y es pour quelque chose, me glisse Lisa en souriant. Matt est incapable de choisir une nappe.

Je souris en haussant les épaules de façon très mystérieuse. Elle rit et je me sens mieux subitement. Heureusement qu'elle n'est pas aussi lunatique que son frère. Puis c'est au tour des jumeaux. Lisa les aide à déchirer les papiers cadeaux et Amy et Jacob éclatent de rire en découvrant leurs nouveaux jouets. Ils babillent, tapent des mains et semblent impatients de commencer à jouer. Mon cœur se remplit d'amour à cette vision, mais une douleur lancinante vient s'infiltrer sournoisement.

– Merci, lance Lisa à son frère. Je dois avouer que je m'attendais à un chèque de ta part.

Je tourne la tête vers Matt, qui a l'air amusé. C'est alors que sans réfléchir je pose ma main sur sa cuisse. Il sursaute de façon imperceptible et son muscle se contracte sous mes doigts.

– Tu vois, chéri, je te l'avais dit : un chèque, ce n'était pas une bonne idée, glissé-je en souriant.

Je le vois déglutir et je m'installe plus confortablement dans le canapé. C'est bon, j'en ai assez. Ma patience vient d'atteindre ses limites. Il a voulu que je joue sa petite amie, je ferai en sorte que tout le monde le pense, au moins jusqu'à demain.

La main toujours sur sa cuisse, je lui adresse un grand sourire avant de me blottir contre lui. Il se raidit davantage, mais je décide de l'ignorer. Cependant, je suis surprise quand je me rends compte de la chaleur qui irradie de son corps, en totale contradiction avec son attitude. Mon cœur valse dans ma poitrine alors que je tente de calmer mon esprit.

– Alors, depuis combien de temps êtes-vous ensemble? demande Lisa à son frère.

– Je ne sais plus trop, lui répond-il, mal à l'aise. Un an environ.

Eh merde…

Je sursaute et me tourne vers lui pour lui faire les gros yeux.

– Un an? s'étonne Betty. Vous m'aviez dit trois mois tout à l'heure, April.

– Oui, c'est exact, dis-je en essayant de trouver une parade plausible. La vérité-té-té, c'est qu'on s'est tourné autour plusieurs semaines et ça fait effectivement presque un an qu'on se fréquente, mais… ça ne fait que trois mois que nous vivons ensemble.

Oh… la… boulette…

Les sourires s'élargissent sur les visages de Lisa et de Betty. J'ai balancé ça sans réfléchir. Comme d'habitude, sous le coup de mon impulsivité maladive. Je le regrette à la seconde où les mots sont sortis de ma bouche et que je sens la main de Matt se poser sur la mienne pour serrer mes doigts. La chaleur semble avoir foutu le camp. À son visage figé, je comprends qu'il désapprouve totalement ma version des choses.

– Vous habitez ensemble ? s'écrie Betty, enthousiaste.

– Oui, enfin, plus ou moins, tenté-je, de plus en plus paniquée.

Mes doigts commencent à gesticuler sous la main de Matt et je les retire pour les enfouir entre mes genoux serrés. Mais qu'est-ce qui m'est passé par la tête ? Sérieusement ?

– Enfin… moins que plus, précise Matt.

– Oui, on-on-on teste la vie à deux-deux-deux, dis-je en portant mon verre à mes lèvres pour leur éviter de dire n'importe quoi.

Les regards se tournent vers moi et je me liquéfie sur place. Décidément, ça devient trop compliqué. Je retiens de toutes mes forces les insultes qui pointent sur le bout de ma langue. Ce n'est vraiment pas le moment.

– Pourriez-vous m'indiquer les toilettes ? dis-je soudain.

– Je vais t'y conduire, me propose Matt en m'attrapant la main pour m'entraîner derrière lui.

Un frisson me parcourt le corps entier, mais je ne saurais dire si c'est au contact de sa main ou bien à cause du regard furieux qu'il me lance.

Oups…

12

Matt

Je n'arrive pas à croire qu'elle ait balancé ça. Ce n'était pas ce qui était prévu ! Vivre ensemble ? Non mais, la blague ! Je suis furieux et je l'entraîne avec moi jusqu'à la salle de bains. Ses doigts enfermés entre les miens m'électrisent. Je la tire par le bras pour la faire entrer dans la pièce, puis je referme la porte derrière nous. Mon sang bout dans mes veines.

– Non mais, ça ne va pas la tête ? ne puis-je m'empêcher de crier à voix basse.

– Je suis désolée, dit-elle alors.

– Qu'est-ce qui vous a pris ? Nous sommes censés être un couple qui se sépare demain. Que diable vient faire cette idée de vivre ensemble ?

Son visage est blême et sa mâchoire serrée. Elle semble vraiment désolée et ça m'énerve d'autant plus. Que croyait-elle ? Que j'allais abonder dans son sens et annoncer nos fiançailles par la même occasion ?

A-t-elle fait ça pour me tester? Pour me punir de ne pas l'avoir embrassée? Si j'avais su…

– Meeeeerde, lâche-t-elle soudain, comme si elle ne pouvait pas se retenir.

Je la regarde surpris et elle ferme les yeux avant de prendre une profonde inspiration.

– J'ai… paniqué, voilà tout. Votre mère m'a demandé tout à l'heure depuis combien de temps nous étions ensemble. Je me suis dit que trois mois, ça sonnait bien, m'annonce-t-elle très rapidement.

La situation est en train de devenir hors de contrôle et je ne le supporte pas.

– Ce n'est pas de ça que je vous parle.

Ma voix est dure et froide. Je la fusille du regard. Je sais que ce n'est pas de sa faute, mais je ne peux pas m'en empêcher. Je suis trop furieux pour raisonner convenablement. Soudain, son visage reprend des couleurs. Sa respiration se fait plus forte et elle se redresse.

– Mais c'est vous, aussi! s'emporte-t-elle. On a eu une heure de voiture pendant laquelle on aurait pu peaufiner une histoire, quelque chose qui tienne debout. Mais non, il a fallu que vous restiez silencieux tout le trajet.

– Vous n'avez pas été plus loquace, je vous rappelle.

Elle me regarde, et si ses yeux avaient été des revolvers, je ne serais déjà plus de ce monde. Mon cœur bat fort et je serre les poings pour tenter de me contenir.

– Un an ! Sérieusement ? s'écrie-t-elle tout à coup.

Elle, si timide, si réservée, d'apparence si discrète, est en train d'entrer en éruption. Elle se met à gesticuler dans tous les sens, et plus elle s'agite, plus je suis en colère – et excité.

Bon sang, pourquoi faut-il qu'elle soit si attirante ?

– Bah quoi ? Un an, c'est bien ! Je ne vois pas où est le problème, demandé-je, hébété.

Elle souffle et tourne en rond dans la salle de bains. Elle semble essayer de se calmer, mais cela ne s'avère pas très efficace. Elle grimace et donne l'impression de souffrir ou de se battre contre quelque chose. Son corps tremble de tous les côtés et je suis tiraillé entre l'envie de la prendre dans mes bras pour la calmer et celle de la mettre dans la voiture pour la ramener chez elle et en finir avec ce stratagème ridicule.

– Je croyais que vous aviez dit à votre mère que notre relation n'était pas sérieuse, ce qui visiblement est une habitude chez vous ! Je suis bien consciente que vous ne cherchez pas l'amour, que vous êtes heureux dans votre célibat et que les coups d'un soir sont votre quotidien.

Je suis abasourdi par le monologue qu'elle est en train de réciter. Elle fait les cent pas sans relever la tête vers moi et parle vite en bougeant les bras.

– Vous m'avez demandé de jouer votre petite amie. Une idée surréaliste venant d'un homme qui ne supporte pas la présence d'une femme à ses côtés.

J'ai accepté, allez savoir pourquoi. Je me retrouve dans une famille fort sympathique, mais avec un homme qui souffle le chaud et le froid en permanence. Je fais mon maximum pour endosser le rôle de votre petite amie, que vous comptez larguer demain. Une rupture, ce n'est pas très agréable, mais cela dit, ce ne sera pas la première fois.

J'ouvre de grands yeux. Ses bras brassent l'air autour d'elle et je suis toujours très en colère. Perdu, je l'avoue, mais en colère.

– J'ai du mal à vous suivre, lui dis-je alors.

– Vous me demandez de jouer votre petite amie, mais à quel moment comptez-vous jouer le mien ?!

– Pardon ? m'écrié-je.

– OK, on se sépare demain, ça, je l'ai bien compris. Mais pourquoi devrais-je être la seule à faire des efforts ? Était-ce si difficile de m'embrasser tout à l'heure pour donner le change ?

Merde… c'est bien ce qui me semblait. Elle m'en veut de ne pas l'avoir embrassée.

– Suis-je si laide ou si étrange qu'il vous est impossible de faire semblant d'éprouver une quelconque attirance pour moi ?

Oh, bon sang, si elle savait…

– Je vous l'ai dit, je ne suis pas tactile et il me semble que nous nous étions mis d'accord pour ne pas nous embrasser, lui rappelé-je en serrant les dents. C'est donc pour cette raison que vous m'en voulez ?

Elle relève alors la tête vers moi et son regard me percute de plein fouet. Ses yeux sont devenus vert foncé et brillent de façon très étrange. Je ne saurais dire si son regard est empli de colère ou de désir.

– Oh, pitié… dit-elle en levant les bras en l'air plusieurs fois.

– Alors, quel est le problème?

J'ai l'impression qu'elle m'a balancé tout ce qu'elle avait sur le cœur sans se soucier de l'ordre dans lequel ses phrases sortaient. J'ai du mal à la cerner et j'avoue que je ne sais même plus pourquoi je l'ai traînée dans cette salle de bains.

– Enfin, Matthews! Si nous sommes ensemble depuis un an, c'est seulement maintenant que vous me présentez vos parents? Seulement maintenant qu'ils entendent parler de moi? balance-t-elle, les dents serrées.

Ah oui, ça y est, ça me revient…

J'ai fait n'importe quoi en disant un an. J'ai été pris de court. Pourtant, je refuse de lui donner raison.

– Vous avez quel âge? 15 ans?! reprend-elle. Je suis désolée, mais j'ai essayé de rattraper quelque chose qui ne semblait absolument pas crédible.

– Parce que vous pensez sérieusement que nous pourrions vivre ensemble? m'écrié-je hors de moi.

– Pour un couple qui serait ensemble depuis un an et qui approche de la trentaine, ça m'a semblé crédible, dit-elle sèchement.

– Eh bien, c'est que vous ne me connaissez pas ! lâché-je.

– Et à qui la faute ? rugit-elle en agitant les mains et les bras.

Elle semble possédée. Je recule d'un pas de peur de prendre une gifle. Qu'est-ce qui lui prend ?

– Vous me sautez dessus en plein Macy's, reprend-elle.

– JE vous saute dessus ? m'écrié-je à mon tour. C'est une blague, c'est vous qui êtes revenue dans le rayon jouets.

– Parce que je savais que vous alliez prendre n'importe quoi.

– Vous m'avez suivi ?

Alors là, c'est fort. Je n'arrive pas à y croire. Cette femme est encore plus timbrée que je ne le pensais. De toutes les femmes présentes à Macy's ce jour-là, il a fallu que je tombe sur la plus cinglée de toutes. Son visage devient rouge de colère.

– Mais pour qui me prenez-vous ? s'écrie-t-elle en continuant de battre l'air autour d'elle.

– Pour une folle, affirmé-je sans réfléchir.

Elle recule et je comprends que j'ai été maladroit dans mes paroles. Elle semble blessée et je m'en veux. Cette femme me met hors de moi, je deviens incontrôlable.

Et très con aussi...

Sa bouche m'attire. Ses yeux furieux me troublent. Son corps moulé dans cette robe m'excite. Une boule chaude se forme dans mon estomac. Alors que son visage se durcit, j'esquive une énième gifle. J'ignore s'il s'agit de gestes volontaires ou non, mais c'est très désagréable et… dangereux.

– Mais allez-vous arrêter de bouger à la fin ? m'emporté-je en lui attrapant les poignets à la volée.

– Co-co-connard ! s'écrie-t-elle en continuant de s'agiter malgré tout. Connard… Connard.

Et voilà que ça lui reprend. Je me doutais bien qu'elle n'avait pas vu de canard tout à l'heure.

Sans réfléchir, je me jette sur elle et pose ma main sur sa bouche. Ses yeux s'arrondissent de surprise et un voile vient troubler son regard. Pour contrer ses gestes, je suis obligé de bloquer son corps avec le mien. Mon cœur s'accélère. Sa peau est brûlante, incandescente même. J'ai la sensation de me consumer. Un long frisson me parcourt l'échine. Mon regard s'ancre dans le sien et une poussée de désir naît entre mes cuisses. Cette fille m'exaspère autant qu'elle m'intrigue, m'énerve autant qu'elle m'excite.

Et bon sang, que je suis énervé en cet instant précis !

Nos visages ne sont qu'à quelques centimètres l'un de l'autre. Un parfum de vanille vole jusqu'à mes narines et une folle envie de la goûter me traverse l'esprit. Son regard est empli de peur, de désarroi et d'excitation. Sa poitrine se soulève de plus en plus rapidement. Ses pupilles se dilatent et elle arrête enfin de bouger. Après quelques secondes, je retire doucement ma main de sa bouche.

– Ça y est, vous êtes calmée ? murmuré-je.

– Vous n'êtes qu'un c… commence-t-elle.

Poussé par une excitation soudaine, une pulsion sexuelle incontrôlable, j'oublie tous mes principes. Je ne la laisse pas finir sa phrase et je plaque ma bouche sur la sienne. Le seul moyen de la faire taire ? Ou de calmer mes ardeurs.

Son corps s'immobilise instantanément. Ses lèvres sont aussi douces que ce que j'imaginais. Sa poitrine se soulève d'un coup et se presse contre mon torse. Ma queue est serrée contre la toile de mon jeans. Ma tête se met à tourner. Bon sang, que c'est bon ! Depuis combien de temps n'avais-je pas été emporté par une telle passion ? Je passe ma main dans ses cheveux pour agripper l'arrière de sa tête. J'inspire profondément cette saveur gourmande et sucrée qui s'en dégage. J'ai envie d'elle. Je goûte à ses lèvres avec fureur, appétit et empressement. Elle pousse un petit gémissement qui ne fait qu'augmenter mon désir pour elle. Ce n'est pas ce qui était prévu, mais ma langue ne semble pas s'en soucier quand elle s'infiltre entre ses lèvres. Elle retrouve celle d'April et leur contact provoque en moi un électrochoc. Ce que je ressens est trop fort. J'ai envie de la prendre sauvagement dans la salle de bains de mes parents. J'ai besoin de la combler pour l'oublier. Un grondement sourd s'échappe de ma cage thoracique et je plaque mon corps encore un peu plus contre le sien. Nos langues entament une danse endiablée et April gémit à nouveau sous mes assauts. J'ai envie d'elle comme jamais je n'ai eu envie d'une autre femme. Mes mains descendent dans son dos et ma bouche part à l'assaut du lobe de son oreille, de sa jugulaire qui palpite intensément. Elle penche la tête sur le côté et une de mes mains remonte le long de sa cuisse. Je ne pense qu'à ça depuis qu'elle est montée dans la voiture. J'ai l'impression de devenir fou.

Soudain, quelques petits coups résonnent contre la porte de la salle de bains, nous faisant sursauter.

– Tout va bien, les enfants ? demande ma mère de l'autre côté du battant. Le repas va être servi.

Notre baiser s'interrompt brusquement, et à bout de souffle, je me détache avec violence de son corps.

– Oui, on arrive tout de suite, dis-je à ma mère sans quitter des yeux April.

Mon cœur cogne fort dans ma poitrine. Ma queue est douloureusement pressée contre mon pantalon. Mes doigts brûlent encore au souvenir de sa peau. J'ai toute la peine du monde à me retenir de ne pas lui sauter dessus une nouvelle fois pour terminer ce que nous avons commencé. April me regarde, haletante, les lèvres gonflées, les pupilles dilatées et le souffle court.

Mon Dieu, si ma mère ne nous avait pas interrompus… J'ai commis une grosse erreur. La situation vient de déraper comme jamais. Je m'en veux de ne pas avoir su gérer mon attirance pour elle. Tout se complique dans ma tête.

– Je suis désolé, dis-je simplement en déglutissant difficilement.

Je prends une profonde inspiration pour calmer ma respiration encore saccadée.

– Dès que le repas est terminé, je vous ramène chez vous et nous pourrons oublier toute cette histoire, ajouté-je avant de sortir de la salle de bains précipitamment.

Je suis en colère contre moi-même. Confus, excité, complètement perdu. Et je déteste ça.

Mais putain, que c'était bon !

13

April

Je me laisse tomber sur le rebord de la baignoire et tente de reprendre une respiration normale. Je peine à retrouver mes esprits. Qu'est-ce qui vient de se passer exactement ? C'est parti en cacahuète complet ! Qu'est-ce qui lui a pris de m'embrasser ? Était-ce pour me faire taire ou bien y pensait-il depuis hier ?

Ma respiration est toujours rapide et les battements de mon cœur n'arrivent pas à ralentir. Mon Dieu, que ce baiser était bon ! Je n'ai pas le souvenir d'avoir un jour été embrassée comme ça, avec tant de fièvre et d'appétit. Que se serait-il passé si Betty n'était pas intervenue ? Jusqu'où serait-il allé ? Jusqu'où l'aurais-je laissé aller ?

J'inspire profondément et rapidement. Le choc du baiser passé, l'euphorie retombe. Matt s'est enfui précipitamment après avoir mis le feu à ma petite culotte. Je n'ai pourtant pas rêvé son désir pour moi, son érection contre ma hanche… À ce souvenir, une vague de chaleur déferle en moi. Quel allumeur et quel connard ! Je n'arrive pas à croire qu'il m'ait laissé en plan comme ça. Encore un mec qui n'assume pas ! Je déteste ça.

Vivement que le repas se termine !

Je jette un œil au reflet dans le miroir et je constate que mes joues sont rouges, mes lèvres gonflées et mes pupilles dilatées. Je ne peux clairement pas revenir dans le salon dans cet état. Je me lave les mains – plusieurs fois –, puis me passe de l'eau dans la nuque. Je suis au bord de l'explosion. Je ferme les yeux pour tenter de me souvenir des exercices que ma professeure de théâtre m'avait appris quand j'étais adolescente. Après quelques minutes de méditation, je finis par me faire une raison. Je ne vais pas rester enfermée dans la salle de bains toute la journée. Je prends une grande inspiration et j'y retourne.

L'apéritif est terminé et tout le monde est en train de s'installer autour de la table. Matt évite mon regard et je serre les mâchoires. Pauvre mec ! 30 ans, et il n'assume pas d'embrasser une fille dans la salle de bains de ses parents. Je suis déçue. Je ne m'attendais pas à une telle réaction de sa part.

Je prends un air des plus décontractés et attrape mon verre de muscat pour le finir cul sec. J'ai l'impression qu'il me faudrait bien plus que ça pour m'apaiser. Je contourne la grand-mère en évitant de croiser son regard. Je suis sûre qu'elle serait capable de tout balancer. Elle doit avoir un sixième sens. On dirait une sorcière ou un truc comme ça. Elle me fiche un peu la pétoche, je dois l'avouer. Puis Betty nous indique nos places, et bien évidemment je me retrouve à côté de mon hypocrite d'amoureux d'un jour. Je m'assieds en prenant soin de ne pas le toucher, car son contact provoque en moi des réactions… étranges.

– Tout va bien? s'inquiète Betty en me fixant intensément.

Je sens le rouge me monter aux joues. J'espère que mes lèvres ont dégonflé, sinon elle va croire que je fais une allergie.

– Oui, réponds-je avec le sourire. Votre table est… magnifique.

Je tente de faire diversion, et au sourire qu'elle me tend, je constate avoir réussi. Une nappe blanche avec un chemin de table rouge, quelques bougies en forme de cœur et des pétales de roses recouvrent l'immense table familiale. L'esprit de la Saint-Valentin flotte tout autour de nous – sauf au-dessus de ce lâche de Matt.

– Alors, dites-nous tout, nous lance Lisa en nous regardant. Comment vous êtes-vous rencontrés?

Matt tourne la tête vers moi et j'ai du mal à déchiffrer son regard tant il semble dénué de tout sentiment. Je commence à être agacée par sa versatilité. Il m'embrasse sur la joue pour ensuite me mettre le feu dans la salle de bains. Puis il me dit que tout sera bientôt terminé et reprend son air glacial.

– Je te laisse répondre, mon cœur, roucoulé-je avec un large sourire.

Matt se raidit à mes côtés et je jubile. J'ai hâte de voir comment il va se dépatouiller.

– Je ne voudrais pas omettre… certains détails, ajouté-je amèrement.

Je vois sa pomme d'Adam monter et descendre et il se verse un verre d'eau avant de prendre la parole.

– C'était il y a environ… commence-t-il avant de me jeter un regard.

– Un an, chéri. Un an. Tu sais, douze longs mois, dis-je en le foudroyant du regard.

– Oui, c'est ça, poursuit-il, embarrassé. Nous nous sommes rencontrés… au boulot.

– Une architecte en plein cœur de la Bourse de Chicago, ce n'est pas courant, s'étonne – à juste titre – Lisa.

– Oui, n'est-ce pas! m'écrié-je avant de reporter mon attention sur Matt. Vraiment pas courant, comme rencontre.

Mon ton est froid, mes dents serrées. Matt semble de plus en plus mal à l'aise, mais loin de m'attendrir, je lui lance mon plus beau sourire. Il me foudroie du regard. Je me régale. À son tour d'être gêné. À son tour de mentir. À son tour de jouer la comédie.

– Oui, effectivement, c'est étonnant. C'est parce que… panique-t-il.

Il me jette un nouveau regard suppliant et je finis par capituler, comme toujours.

– C'est parce que j'avais un chantier dans l'immeuble. Nous nous sommes croisés sur les marches en sortant. Je me suis tordu la cheville et il m'a rattrapée avant que je m'étale de tout mon long, conclus-je avec une aisance et un naturel déconcertants.

– Oh, que c'est mignon, s'écrie sa mère.

Je tourne à nouveau le regard vers Matt et pose ma main sur la sienne. Il se raidit et je soupire intérieurement.

– Oui, ça a été le coup de foudre au premier regard, dis-je simplement. N'est-ce pas, mon cœur?

– Oui, convient-il difficilement.

– C'est comme s'il y avait une évidence entre nous, quelque chose qui nous poussait l'un vers l'autre, ajouté-je en tapotant sa main. Une attirance si… forte. On a tout de suite su que notre histoire allait être… intense et que nous passerions des heures à…

– Oui, c'est bon, dit Matt en retirant sa main. Je crois que tout le monde a compris que notre histoire est passionnelle.

Je souris à Betty et à Lisa, qui boivent nos paroles. Je souris, mais intérieurement je suis agacée par son attitude.

Quel rabat-joie!

– Un peu d'eau, April?

– Oui, Betty, je vous remercie. J'ai très chaud tout à coup.

– Vous voulez qu'on ouvre la fenêtre? s'inquiète Charles.

– Non, c'est gentil, ça va passer. C'est par vagues, dis-je en jetant un coup d'œil vers Matt, qui fuit mon regard.

Je ne supporte pas les faux jetons, les mecs qui n'assument pas, et une dangereuse colère bout intérieurement. Betty me sert un peu d'eau, et au moment où je m'apprête à porter le verre à mes lèvres, mon bras se déplie brusquement. L'intégralité du liquide glacé est projetée sur le visage de Matt. Il pousse un cri de surprise en reculant vivement sa chaise et j'agrippe mon bras pour l'empêcher de gesticuler à nouveau.

Oh, bon sang… C'est pas vrai !

Je sens le rouge me monter aux joues alors que tous les regards sont braqués sur moi, y compris celui de Matt. Il doit penser que je l'ai fait exprès. Et même si l'envie de lui balancer mon verre au visage après son comportement de tout à l'heure m'a effleuré l'esprit, ce n'était pas intentionnel. Je ne suis pas folle au point de faire ça devant sa famille.

– Je-je-je suis désolée, m'excusé-je péniblement.

Je vois Matt serrer les dents et me fusiller du regard. Je maudis ce syndrome. Betty attrape un torchon et le tend à son fils pour qu'il s'éponge le visage et le pull.

Tous attendent une explication que je tarde à donner. Je n'ai pas honte de ma maladie, mais ce n'est jamais évident d'en parler. J'ai connu toutes les réactions. Il y a eu ceux qui trouvaient ça très drôle, ceux qui se sont écartés physiquement de moi à la seconde où ils ont su – comme si ça pouvait être contagieux –, ceux qui m'ont regardée avec pitié – comme si j'allais mourir dans la seconde – et ceux qui en apparence ont été très compréhensifs, mais qui n'ont plus jamais donné signe de vie – Andrew, par exemple.

Je prends une grande inspiration. Je leur dois une explication. Autant à eux qu'à Matt, car je ne supporte pas le regard qu'il me lance. Vais-je supporter celui qu'il me lancera dans quelques secondes? Aucune idée, mais mes crises risquent de s'intensifier tout au long de la journée. Je n'ai pas le choix.

– J'ai... J'ai le syndrome de Gilles de La Tourette, confessé-je alors. D'habitude, j'arrive à gérer mes crises, mais j'ai oublié de prendre mon traitement ce matin avant de partir. Je suis désolée, dis-je en baissant les yeux. J'ai essayé de canaliser mon stress, mais il est évident que j'ai échoué.

– Oh, ma pauvre chérie, s'écrie Betty. Je suis désolée pour vous. J'ai connu une fille qui l'avait aussi quand j'étais au lycée, il y a bien longtemps. C'était encore peu connu. Elle avait beaucoup plus de crises que vous.

– Tout se passe relativement bien quand je n'oublie pas mon traitement, expliqué-je en souriant timidement.

– J'imagine que rencontrer ta belle-famille t'a un peu stressée, me lance Lisa avec un sourire compatissant.

– Oui, j'avoue que s'il y avait un jour où j'aurais préféré ne pas l'oublier, c'est bien aujourd'hui.

– Franchement, Matt, tu aurais pu nous prévenir, nous aurions été peut-être moins invasifs.

Comment aurait-il pu les prévenir de quelque chose qu'il ignorait? Je n'ose pas le regarder. J'ai peur de croiser son regard et d'y déceler de la crainte ou du dégoût.

– Ce n'est pas sa faute et vous avez été parfaits, les tranquillisé-je en souriant. Je vous assure.

Je finis par me tourner péniblement vers Matt. Je redoute cet instant, mais le regard qu'il me lance est empli d'une certaine tendresse teintée de culpabilité.

– Je suis désolée… pour le verre d'eau, m'excusé-je sincèrement.

– Ce n'est rien, me répond-il avec un sourire bienveillant.

Une boule de chaleur se loge entre mes cuisses et un frisson me parcourt. C'est la première fois qu'un homme réagit de cette façon. La première fois qu'on me regarde avec douceur après avoir appris ma maladie. Je cligne plusieurs fois des yeux pour tenter de me remettre de cette émotion toute nouvelle.

Puis le repas reprend son cours dans une atmosphère qui se veut la plus détendue possible, afin de minimiser mon stress et mes crises.

Quel dommage que tout ceci ne soit que fictif! Cette famille est absolument parfaite.

14

Matt

Je regarde ma mère enlacer April et je me sens coupable de leur avoir menti. Ils se sont attachés à elle en si peu de temps que je redoute le moment où je leur annoncerai notre rupture. Je m'en veux aussi d'avoir imposé cette situation très angoissante à une jeune femme telle qu'April. Si j'avais su qu'elle était atteinte de ce syndrome, je ne lui aurais jamais proposé une telle invitation. Non pas que sa maladie me révulse – au contraire, je la trouve presque touchante. Mais parce que cela lui aurait évité un stress inutile.

– Elle est bien, ton April, me glisse Lisa au moment de me dire au revoir.

Mon April...

Ses mots me font sourire. Elle n'est pas *mon* April et ne le sera jamais. Je l'ai analysée toute la journée. Elle cherche un amour sincère, quelque chose de vrai, quelqu'un sur qui s'appuyer. Et je ne suis pas cette personne.

– Elle semble honnête et très amoureuse de toi, ajoute ma sœur.

Je réprime un petit rire. Elle se trompe complètement.

– Quant à toi, ajoute Lisa avec un large sourire, tu es fou d'elle, ça se voit comme le nez au milieu de la figure.

Euh... pardon?

Je la regarde, surpris. Moi, fou d'April? C'est vraiment n'importe quoi. J'éprouve du désir pour elle, c'est indéniable, mais ça s'arrête là.

– Inutile de faire l'étonné avec moi. On a l'impression que tu es encore dans la phase « Plus je la découvre et plus je suis sous le charme ». Non, sérieusement, c'est vraiment mignon à voir.

– Arrête de dire n'importe quoi. April et moi, ce n'est pas si sérieux que ça.

– Tu ne me la feras pas à moi. Je suis ta sœur, je te connais.

– Tu disais ça aussi pour Sophie, rappelle-toi.

– Sophie, c'était différent. Il y avait un truc en elle que je ne sentais pas. Je ne te l'ai jamais dit parce que ça n'aurait servi à rien de remuer le couteau dans la plaie. Mais je ne la sentais pas sincère et tu étais trop amoureux d'elle. Je ne voulais pas me fâcher avec toi et faire éclater ta bulle.

– Tu aurais dû me le dire avant que ma bulle éclate, lui reproché-je froidement.

– Je sais et je le regrette. C'est pourquoi aujourd'hui, je ne veux pas refaire la même erreur. April est une fille bien. Ne gâche pas cette merveilleuse histoire avec elle sous prétexte que ça n'a pas marché dans le passé pour toi. Toutes les femmes ne sont pas comme Sophie.

Je secoue la tête. Je n'ai aucune envie de penser à mon ex. Elle a gâché ma vie et piétiné mon cœur de la façon la plus horrible qui soit. Je suis bien conscient que depuis, je n'arrive pas à faire confiance à une nouvelle femme. C'est pour ça qu'il m'est impossible d'imaginer un quelconque avenir avec April. Il est préférable pour tout le monde que je la ramène chez elle rapidement et, dans une heure, toute cette mascarade sera terminée.

J'embrasse ma sœur sur le haut du crâne et monte dans la voiture. April ne tarde pas à me rejoindre et un parfum vanillé vole jusqu'à moi au moment où elle referme la portière. Elle fait un dernier signe à ma famille et je perçois une certaine nostalgie dans son regard.

Je démarre sans un mot, encore tendu par ce que vient de me dire ma sœur.

J'ose jeter un regard vers April. Elle semble triste et mon cœur se serre.

– Vous avez une famille vraiment super, Matt, dit alors April, rompant le silence quelques minutes plus tard.

– Je vous remercie.

– Votre mère souffre de ne pas vous voir plus souvent. J'espère que vous en avez conscience.

– Je sais, dis-je en serrant les dents.

Moi aussi, j'aimerais venir plus souvent dans cette maison, mais les souvenirs qui y sont rattachés sont trop durs à supporter.

– Vous avez de la chance de les avoir si près de vous.

– Ce n'est pas votre cas ? m'étonné-je.

– Non. Ma famille est à Londres et cela fait trois ans que je n'y suis pas retournée. Il y a bien sûr Skype, mais ce n'est pas pareil.

Je suis étonné d'apprendre qu'April est anglaise. C'est vrai que son accent aurait pu me mettre sur la voie. Le monde est petit quand même. Quand je pense que nous aurions pu nous rencontrer là-bas. Peut-être nous sommes-nous croisés sans le savoir.

– J'ai fait une partie de mes études là-bas.

– Oui, je sais, me répond-elle en souriant.

Comment peut-elle le savoir ? Aurait-elle fait des recherches sur moi ?

– Pas d'inquiétude, me dit-elle comme si elle lisait dans mes pensées. C'est votre mère qui m'en a parlé. Elle est bien plus loquace que vous.

Son regard me percute et je lève le pied de l'accélérateur. Je sens une pointe de rancœur dans sa phrase, ou tout du moins comme de la déception. Le souvenir de notre baiser dans la salle de bains ainsi que ma fuite précipitée n'y sont sans doute pas pour rien. Je me rappelle aussi l'avoir traitée de folle, et après son aveu sur sa maladie, je dois avouer que je le regrette.

– Je suis navré pour ce qui s'est passé dans la salle de bains, dis-je alors sans la regarder.

– Ce n'est rien, m'assure-t-elle d'un ton détaché. Un moment d'égarement arrive à tout le monde. Je ne vous ai pas repoussé non plus. J'imagine que nous avons été pris par notre propre jeu. Ce sont les risques.

Elle semble bien le prendre, alors pourquoi est-ce que j'éprouve un pic douloureux dans ma poitrine ? Je jette un œil vers elle. Ses bras sont croisés, ses genoux tournés vers la portière et son regard perdu au travers de la vitre.

Oui… les risques…

J'appuie sur le bouton de l'autoradio et le blues emplit l'habitacle. La route défile à vive allure, et même si je sais que la ramener chez elle est la meilleure solution, j'aimerais que cette journée ne se termine jamais.

– Je ne savais pas que vous aviez le syndrome de Gilles de La Tourette, lancé-je après plusieurs kilomètres.

– Ce n'est pas quelque chose que je dis dès que je rencontre quelqu'un dans un magasin, se donne-t-elle la peine de m'expliquer en se tournant vers moi.

Elle me tend un sourire timide et mon cœur fait un bond dans ma poitrine. Cette fille est superbe. Dans d'autres circonstances, peut-être que… Non, il faut que j'arrête d'y penser.

April se redresse sur son siège au moment où je me gare devant son immeuble. Je coupe le moteur.

– Voilà, nous sommes arrivés, dis-je simplement.

– Oui, me répond-elle tristement.

Je prends une profonde inspiration et me tourne vers elle.

– Je vous remercie. Mes parents ont eu l'air de beaucoup vous apprécier.

Elle relève la tête et je plonge dans son regard émeraude. Une boule de chaleur se loge dans mon estomac.

– C'est étrange cette rencontre, glisse-t-elle d'une voix faible. Dans d'autres circonstances, je crois que j'aurais vraiment aimé faire partie de cette famille.

Et cela n'arrivera pourtant jamais.

Je me sens mal qu'elle se soit sentie si bien dans ma famille. Cela aurait été plus simple si tout le monde l'avait détestée, mais même Amy et Jacob ont eu l'air de l'apprécier.

– C'est gentil, mais je crois que plus personne ne rejoindra cette famille. Depuis que les jumeaux sont arrivés, nous sommes au complet.

April semble triste, mais relève subitement les yeux.

– Ai-je quand même rempli mon contrat ? me demande-t-elle avec un petit sourire en coin.

– Vous avez dépassé mes espérances, l'assuré-je doucement. Personne n'aurait pu mieux remplir ce rôle que vous.

Ma mâchoire et mon cœur se serrent. Je n'ai pas envie qu'elle parte. J'ai envie de l'embrasser à nouveau, de sentir ses lèvres contre les miennes, de passer ma main dans ses cheveux. Mais je sais que ce nouveau baiser compliquerait tout.

– Parfait, me répond-elle brusquement. J'en suis heureuse. J'espère que…

Elle déglutit avec difficulté et je perçois un brusque mouvement de ses mains. Je comprends beaucoup de choses maintenant.

– … que votre maman vous laissera souffler un peu. Vous n'aurez qu'à lui dire que c'est moi qui vous ai quitté. Ça vous laissera un temps de répit supplémentaire, conclut-elle avant d'ouvrir la portière. Au revoir, Matt.

Elle s'extirpe de la voiture et referme la portière avant que j'aie le temps de réagir.

Je la regarde disparaître dans le hall de son immeuble et mon cœur me crie de lui courir après, de lui proposer qu'on se revoie. Mais mon esprit reprend le dessus et m'interdit de sortir de la voiture. À quoi bon de toute façon ? La revoir pour quoi ?

Je préfère être seul. Je l'ai suffisamment dit à tout le monde que j'ai presque réussi à m'en convaincre.

Presque…

15

April

– Bon, allez, cette fois, ça suffit, s'écrie Jen debout devant moi, les poings sur les hanches.

Je suis affalée sur le canapé depuis deux semaines, à me passer en boucle *La Chronique des Bridgerton* en espérant que le duc de Hastings me fasse oublier mon inconnu sexy…

– Comment ça, ça suffit? demandé-je, faussement étonnée.

– On bouge.

– Je te demande pardon?

– On bouge, on sort, on se secoue la couenne! Allez, zou, lève-toi, me dit ma meilleure amie en me donnant un petit coup de pied.

– Aïe, m'écrié-je.

– Bouge, sinon tu vas avoir des escarres!

– Je n'ai pas envie de sortir.

– Je m'en fiche, rétorque-t-elle. Moi, j'ai envie de sortir, alors tu m'accompagnes.

– Demande à Aaron.

– Il est en déplacement et tu le sais très bien. Maintenant, tu te lèves, sinon je descends demander à Gustave de venir te changer les idées. Et crois-moi, je pense qu'il arriverait ventre à terre et cheveux au vent. Enfin, pour ceux qui restent !

Cette image me déride et j'explose de rire. Je secoue la tête et me résigne à me lever, sans oublier de souffler au passage, histoire que Jen comprenne que je n'ai aucune envie de la suivre.

Ça fait deux semaines que j'ai rencontré Matt, deux semaines que je l'ai quitté et deux semaines que je ne cesse de penser à lui, à son regard bleu, à ses lèvres posées sur les miennes, à son corps écrasant le mien… Je pense Matt, je respire Matt, je mange Matt, je rêve Matt. J'ai l'impression de devenir folle. Je n'ai jamais été aussi obsédée par un mec. Est-ce parce que je n'ai pas couché avec ? Franchement, si cela pouvait m'aider à le sortir de mon esprit, qu'on y aille une bonne fois pour toutes !

Manteau sur le dos et chaussures aux pieds, Jen m'entraîne derrière elle dans les escaliers. Nous manquons de trébucher sur Popol, qui miaule en redressant la queue, et déguerpissons rapidement avant que Gustave sorte de sa loge.

– Où va-t-on ? demandé-je à Jen.

– Aucune idée. On chope le premier métro qui passe et on descend à la cinquième station.

– Pourquoi la cinquième ?

– J'en sais rien. Il te faut vraiment une raison?

Je secoue la tête et ricane devant la mine étonnée de mon amie. Avec ses cheveux remontés en un chignon déstructuré, ses grands yeux marron, ses taches de rousseur et ses grandes créoles qui tombent sous ses oreilles, elle me regarde en souriant.

– Et après, on dit que c'est moi la plus spontanée?

– Non, toi, tu es la plus impulsive et la moins réfléchie de nous deux, me répond-elle avec le sourire.

Cette fois, j'éclate de rire et j'avoue que ça me fait un bien fou. Jen a passé toute la semaine dernière chez Aaron. Je crois qu'elle commence à tâter le terrain pour emménager définitivement avec lui. Je le lui souhaite sincèrement même si j'appréhende beaucoup. Je me demande même si je ne vais pas retourner quelque temps en Angleterre, histoire de me ressourcer un peu. Je lui en parlerai le moment venu.

Cinq stations plus tard, nous arrivons devant Grant Park, un parc public situé en plein cœur du quartier financier de Chicago, au bord du lac Michigan.

– L'endroit est parfait pour déjeuner, me dit Jen.

En ce début du mois de mars, le soleil brille dans le ciel et la faible chaleur qu'il dégage me fait sourire. Quelle belle journée! C'est vrai qu'il aurait été dommage de ne pas en profiter. De toute façon, il faut que je me sorte Matt de la tête. S'il avait voulu me revoir, il m'aurait rappelée, il avait mon numéro. Son silence est plus qu'explicite. Après tout, à quoi pouvais-je m'attendre ? Tout était dit dès le départ. Aucune surprise, si ce n'est son baiser fougueux qui hante encore mes rêves aujourd'hui.

Jen m'entraîne vers un vendeur de hot dogs et nous prenons ce qu'il faut pour nous rassasier. Je n'ai quasiment rien mangé depuis deux semaines et j'ai soudain une faim terrible. Il est temps que je reprenne du poil de la bête.

– C'est quand le tournage pour… Comment ça s'appelle déjà ? Lubrimoi ? Lubrimou ?

– Lubridoux ! dis-je en riant. Dans deux semaines.

– Et elle sera diffusée quand?

– Aucune idée.

Jen et moi marchons le long des allées. Le contraste est saisissant. D'un côté, les buildings dont les têtes se perdent dans les nuages, et de l'autre, une immensité verte. Le printemps pointe timidement le bout de son nez, et d'ici quelques semaines, les parterres seront remplis de fleurs multicolores. J'ai hâte, c'est ma saison préférée.

En arrivant devant le Cloud Gate, nous nous installons sur un banc. La sculpture en forme de haricot qui nous fait face est très célèbre à Chicago. Elle mesure dix mètres de haut et est recouverte de plaques d'acier inoxydable, ce qui lui donne une allure de gigantesque miroir. Elle est vraiment superbe.

– Alors, dis-moi, c'est pour quand? demandé-je à mon amie.

– Quand quoi? me répond-elle, mal à l'aise.

– Arrête, tu le sais très bien. Quand est-ce que tu pars emménager avec Aaron?

Elle baisse la tête. Il faut bien que nous ayons cette discussion.

– Je ne sais pas, confesse-t-elle doucement. Nous n'avons encore rien prévu.

– Ça fait plus d'un an que vous êtes ensemble. Il va bien falloir que tu quittes le nid, dis-je en riant.

J'essaie d'avoir l'air enthousiaste pour lui faciliter la tâche.

– Mais... et toi?

– Moi? m'écrié-je. Tu crois que je ne m'en sortirai pas toute seule?

– Ce n'est pas ce que j'ai dit. Mais je ne veux pas que tu croies que je t'abandonne.

– Arrête un peu, la rassuré-je en lui prenant les mains. Je suis très contente pour toi et Aaron, et je serais heureuse que tu emménages avec lui.

– Mais... qu'est-ce que tu vas faire de l'appartement? Tu ne pourras pas le garder toute seule. Le loyer est trop élevé.

– Je sais. Peut-être qu'il est temps pour moi de rentrer au bercail.

– Comment ça?

– Ça fait quelque temps que j'envisage de rentrer en Angleterre.

– Quoi? s'écrie-t-elle.

– Je crois que j'ai besoin de retrouver un peu mes racines.

– C'est à cause de Matt?

– Oui et non. Quand j'ai vu sa famille, je me suis rendu compte que la mienne me manquait.

Jen me sourit tendrement.

– Je comprends. Moi aussi, tout le monde me manque. Et tu penses que tu reviendrais?

– Aucune idée. Hey! Je ne suis même pas encore partie, je te rappelle!

Jen se penche et me prend dans ses bras. Cette fille est comme une sœur et la laisser ici sera un déchirement, mais je sais qu'elle sera entre de bonnes mains.

Alors que je finis d'engloutir mon second hot dog, nous nous levons pour aller admirer d'un peu plus près ce haricot magique. Nous passons sous l'arche et pénétrons dans une chambre concave qui multiplie et déforme l'image des visiteurs par réverbération.

– Oh, regarde ta tête, s'écrie Jen, hilare.

J'avoue que je ne peux m'empêcher de rire devant mon reflet biscornu. Ma tête est énorme alors que mon corps est aussi fin qu'un tibia de mouche. Nous ressortons, toujours pliées en deux, et alors que je ne regarde pas devant moi, je percute un torse dur et chaud. Un parfum que je reconnais aussitôt m'emplit les narines. Mon cœur cesse de battre et je manque de tomber à la renverse.

16

Matt

Deux semaines que j'ai proposé à April de passer la Saint-Valentin avec moi, deux semaines que je l'ai embrassée et deux semaines que cela me hante, jour et nuit. Je ne cesse de penser à elle alors que je ne devrais pas. Elle a été bien claire en sortant de ma voiture l'autre soir. Et c'est mieux ainsi de toute façon.

Je ne dis pas que je n'ai pas hésité des dizaines de fois à lui envoyer un message, juste pour savoir comment elle allait, mais j'ai réussi à me raisonner à chaque fois. Ce qui m'empêche de vraiment passer à autre chose, ce sont les messages de Lisa et de ma mère qui ne cessent de l'encenser. Je n'ai pas encore eu le courage de leur annoncer notre « séparation », mais il va bien falloir que je le fasse. C'est la seule façon de l'oublier, pour tout le monde.

J'attrape mon téléphone et envoie un message à Lisa. Je vais commencer par elle. Avec un peu de chance, elle transmettra l'information à maman avant que je l'aie au téléphone.

[Salut, Lisa. Serais-tu dispo
pour déjeuner à midi ?]

[Coucou. Oui, avec plaisir.]

[13 h 00 au Cloud Gate ?]

[Parfait, j'y serai. À tout à l'heure.]

Voilà, cette fois, je ne peux plus me défiler. Il est temps de mettre tout ça derrière moi.

17

April

– Vous ne pouvez pas regarder où vous allez, dit une voix qui me fait tressaillir.

Je relève la tête en attrapant la main de Jen et découvre Matt. Mon souffle se coupe et mon cœur, qui s'était arrêté, repart de plus belle et s'accélère dangereusement.

Bon sang, il est encore plus beau que dans mes souvenirs. Son trois-quarts est ouvert sur une tenue de travail très « trader » : un costume bleu nuit et une chemise gris clair. Une écharpe entoure son cou pour le protéger du froid. Je le détaille rapidement, sentant mes jambes faiblir.

– April ? s'écrie-t-il, visiblement étonné.

Je vois son torse se gonfler subitement. Puis un léger sourire s'étire sur ses lèvres alors qu'une lueur étrange traverse son regard bleu azur.

Misère de misère…

– Matt, bonjour, dis-je, la gorge soudain très sèche.

Je resserre les doigts de ma meilleure amie dans l'espoir qu'elle puisse me calmer comme elle sait si bien le faire. Malgré mon comprimé de Clonidine que j'ai avalé ce matin, je sens le stress gagner mes membres. Je n'étais pas préparée à le revoir. Ni aujourd'hui, ni jamais. Tout était clair. C'était un adieu, et pas autre chose. Matt et moi restons un moment, immobiles, nos regards ancrés, alors qu'une vague de chaleur me submerge. Une tension électrique nous entoure. Mes yeux dérivent vers sa bouche. Il se passe la langue sur les lèvres qu'il entrouvre légèrement. Si je m'écoutais, je lui sauterais au cou pour l'embrasser.

Soudain, un raclement de gorge nous fait sursauter et sortir de notre petite bulle.

– Bonjour, je m'appelle Jen. Je suis la meilleure amie et colocataire d'April, s'écrie Jen en tendant la main vers Matt.

– Oh, bonjour, répond Matt poliment en la lui serrant. Enchanté de vous rencontrer.

– De même. J'ai beaucoup entendu parler de vous, précise-t-elle de sorte qu'il sache qu'elle est au courant de toute l'histoire.

Je perçois une légère gêne dans le regard de Matt qu'il pose successivement sur mon amie et moi. Ses yeux tombent sur nos mains entrelacées et un léger sourire se dessine sur son visage. Mon souffle est court. Je reste incapable de bouger ou de dire quoi que ce soit.

Puis son regard revient sur moi, nous replongeant dans un autre espace-temps.

– Que faites-vous dans le quartier financier?

– Où ça? demandé-je, complètement déboussolée, en regardant autour de moi.

Zut, je n'avais même pas réalisé où nous étions. Il va encore croire que je le suis. Je sens le rouge me monter aux joues et j'éprouve un besoin de me justifier.

– Oh, je suis venue me balader avec mon amie. N'allez pas penser que je cherchais à vous revoir ou que je vous suivais, dis-je rapidement avant de me mordre l'intérieur de la joue.

Et voilà, encore une phrase de trop, April.

– Ça ne m'avait pas traversé l'esprit, me répond-il. Mais maintenant que vous le dites...

Mon cœur fait un bond dans ma poitrine.

Quoi?

– Je plaisante, ajoute-t-il devant mon air paniqué.

Un large sourire s'étire sur son visage et ses yeux se mettent à pétiller. Il est si beau quand il sourit.

C'est moi, ou il fait très chaud d'un coup?

– Matt! s'écrie soudain une voix féminine que je reconnais aussitôt.

Mince...

Matt sursaute et son visage se crispe brusquement. Lisa apparaît, souriante comme toujours, drapée dans un long manteau beige.

– Bonjour, Lisa, dit-il, mal à l'aise.

– Oh ! April ? Quelle bonne surprise ! s'écrie-t-elle en fondant sur moi. Je suis contente de te voir. Je trouve ça super de pouvoir se retrouver en amoureux de temps en temps pour la pause de midi. Je n'ai pas cette chance avec Jeff.

Je manque de m'étouffer avec ma salive. Comment ça, en amoureux ? Je jette un regard inquiet à Matt. Son visage blêmit. Qu'est-ce que c'est que ce bordel ? Je croyais qu'il devait annoncer à sa famille dès le lendemain que nous n'étions plus ensemble. Mon souffle s'accélère. Je presse la main de Jen, toujours ancrée dans la mienne, et mon amie intervient.

– Bonjour, tu dois être Lisa, c'est ça ? April m'a beaucoup parlé de toi. Je suis Jen, son amie d'enfance.

– Oh, bonjour, Jen, c'est un plaisir.

J'interroge du regard Matt, qui semble désemparé. Mais qu'est-ce qu'il a foutu, bon sang ? Pourquoi sa sœur croit-elle que nous sommes toujours ensemble ?

– Quand Matt m'a proposé de le rejoindre pour déjeuner, je ne m'attendais pas à te voir, répète Lisa.

– Ce… ce n'était pas prévu, précise son frère.

– Oui, j'étais dans le coin avec Jen et j'ai décidé de lui faire une surprise, dis-je dans l'empressement.

– Surprise réussie, affirme Matt, mal à l'aise.

Ça, c'est clair que pour une surprise, c'est une surprise… Pour nous deux !

Son attitude associée à son regard gêné me laisse penser qu'il n'est pas ravi de me croiser aujourd'hui.

Mon cœur se contracte douloureusement. Je décide alors de couper court à ces retrouvailles.

– Mais… nous ne faisions que passer. N'est-ce pas, Jen ? demandé-je en prenant mon amie à témoin.

– Oui, tout à fait, s'écrie-t-elle en venant à mon secours. Nous avons un rendez-vous et il ne faudrait pas que nous soyons en retard.

– Oh, quel dommage, dit Lisa en faisant la moue. Il faut qu'on s'organise un dîner rapidement. Que faites-vous samedi soir ?

Ma tête se met à tourner.

Misère…

Matt me jette un regard interrogatif et tarde à répondre.

– Rien, dis-je alors que la panique commence à m'envahir. Enfin… il me semble, mais… je peux me tromper-per-per.

– Je vous aurais bien dit de venir à la maison, mais franchement, une sortie sans les jumeaux nous ferait du bien, ajoute-t-elle. J'ai une idée. Et si on faisait ça chez vous ?

Chez nous ? Chez nous ?!

Je sens l'angoisse s'infiltrer par tous les pores de ma peau et je perçois le regard de Matt braqué sur moi, ainsi que celui de Lisa, attendant ma réponse.

– Oui, quelle bonne idée ! m'entends-je répondre alors que Matt me foudroie sur place.

Oh, non…

Fichue impulsivité, fichu stress, fichu syndrome... fichu cœur qui s'ébranle dès que je me trouve à proximité de Matt.

Un haut-le-cœur me secoue les entrailles. Pourquoi suis-je sortie aujourd'hui ? Je savais bien qu'il fallait que je reste sur mon canapé !

– April, je peux te parler un moment ? Il me semble qu'on a déjà quelque chose de prévu samedi soir.

Il m'attrape la main et je frissonne au contact de sa peau. Puis il m'entraîne à l'écart. Je jette un regard désespéré à Jen, qui s'emploie à discuter avec Lisa pour détourner son attention de nous.

– Mais qu'est-ce qui vous a pris ? me murmure-t-il en m'attirant contre lui.

Son parfum vole jusqu'à moi et je peine à garder la tête froide.

– Je-je-je n'en sais rien, me défends-je.

– Il est hors de question que nous organisions un repas chez moi, reprend-il visiblement très en colère.

Bon sang, il est encore plus excitant quand il fronce les sourcils comme ça ! Je resserre les cuisses et un étrange sentiment me traverse. Je crois que s'il décidait de me faire l'amour, ici, sur cette place publique, j'accepterais sans rechigner.

– Nous n'allons pas continuer de mentir éternellement, ajoute-t-il.

Oh, oh... le Matt qui n'assume pas vient de refaire surface !

– Attendez, dis-je, surprise et agacée. D'après ce que j'ai pu comprendre, votre sœur n'avait pas vraiment l'air au courant de notre séparation.

Comme d'habitude, il me met la faute dessus alors que c'est la sienne. S'il avait annoncé notre rupture comme prévu, nous n'en serions pas là !

– Je n'ai pas eu le temps de la prévenir.

– Depuis deux semaines ? m'étonné-je.

– J'ai beaucoup de travail. J'avais autre chose à faire et je comptais le lui dire à midi si vous voulez tout savoir.

Mon cœur se contracte à nouveau.

– Oui, eh bien, vous n'aviez qu'à lui répondre « non » quand elle a proposé qu'on se voie samedi soir.

– Je pensais que c'est ce que vous feriez, s'écrie-t-il.

– Eh bien, vous pensiez mal ! Je suis incapable de dire non et cela me met dans des situations plus qu'embarrassantes !

Je commence à m'énerver et mes bras gesticulent dangereusement. De façon très naturelle et instinctive, Matt s'en aperçoit et attrape doucement mes deux poignets avant de les bloquer contre son torse. Une vague de chaleur m'enveloppe instantanément et mes mouvements cessent. C'est dingue, ce pouvoir qu'il a ! Mon souffle se coupe quand je sens sa poitrine se soulever brusquement. Ma tête tourne dangereusement et ma raison prend la poudre d'escampette. Ce n'est pas sans me rappeler une certaine scène dans la salle de bains de ses parents. Je déglutis difficilement et je sens une brûlure mordre l'intérieur de mes cuisses. Mes yeux se posent sur ses mains qui emprisonnent toujours les miennes. Ma respiration repart de plus belle. Puis je relève la tête et croise son regard. La colère dans ses yeux semble avoir disparu, laissant place à une certaine lueur qui me désarçonne.

– Incapable de dire non… ? répète-t-il dans un souffle.

Un petit sourire en coin se dessine et je me perds dans l'océan de ses prunelles.

– Oui… réponds-je dans un murmure. C'est… un gros problème. Je dois… travailler dessus. C'est assez préjudiciable.

– Ça dépend pour qui.

Je déglutis avec difficulté. Bon sang que j'ai chaud ! J'ai une furieuse envie de lui et le temps semble s'être arrêté. Ma libido me rappelle ô combien elle est en berne depuis un moment et qu'il serait bien temps de la satisfaire.

– Je ne voudrais pas que ça pose problème, intervient alors Lisa en s'approchant.

Je retrouve mes esprits en une fraction de seconde. Derrière elle, je vois Jen qui hausse les épaules et articule un « désolé ». Matt relâche doucement mes poignets et mes bras retombent le long de mon corps.

– Non, tout va bien, lui répond son frère.

– Alors, c'est parfait. Samedi, dix-neuf heures chez vous.

Il émet un grognement pour simple réponse et Jen m'attrape la main.

– On va être en retard, annonce-t-elle. Ravie de t'avoir rencontrée, Lisa.

– De même, lui répond ma fausse belle-sœur.

Matt me jette un dernier regard avant que Jen m'entraîne à sa suite.

Mais quand est-ce que cette galère va s'arrêter?

18

Matt

Bon sang, qu'est-ce qui m'a pris? Pourquoi n'ai-je pas coupé court à cette situation ridicule? Il aurait été si simple de confirmer à Lisa que nous avions quelque chose de prévu samedi. Mais quand j'ai pris les poignets d'April et que je les ai plaqués contre moi, je ne sais pas ce qui s'est passé…

Non, en fait, c'était bien avant ça. Quand elle m'a bousculé, le parfum vanillé de ses cheveux a volé jusqu'à mes narines. C'est là que j'ai su que j'étais fichu. Tout m'est revenu en mémoire: sa bouche, sa langue, notre baiser, son corps plaqué contre le mien… Je crois que je suis incapable de résister à cette fille. Ça me fait peur, car je sens que je peux trahir mes bonnes résolutions à tout moment.

Et maintenant qu'elle va débarquer dans mon appartement, la tentation n'en sera que plus grande. Aucune fille n'est jamais entrée chez moi. Aucune fille avec qui j'aimerais coucher en tout cas. Savoir qu'elle sera là, à déambuler dans mon intimité, provoque en moi des sentiments contradictoires.

Le dîner a lieu demain, je pourrais encore tout annuler. Dire à Lisa que nous nous sommes engueulés et qu'elle m'a quitté. Oui, ce serait simple. Alors, pourquoi je ne le fais pas?

La vibration de mon téléphone résonne dans la pièce et mon cœur s'emballe quand je vois son nom apparaître.

– Allô?

– Bonjour, Matt, c'est... April, dit-elle dans un souffle.

Mon corps se tend en entendant sa voix.

– Bonjour, April.

– Dites-moi... je ne sais pas comment s'est terminée votre entrevue avec Lisa et j'imagine que vous avez annulé le dîner de demain. Mais comme je n'ai pas reçu de message de votre part... ajoute-t-elle, hésitante.

– Non, réponds-je rapidement. Je n'ai rien annulé du tout.

J'en suis incapable...

– Oh, me répond-elle, surprise. Vous ne lui avez pas encore annoncé notre séparation?

– Euh... non, c'est exact. Elle semblait si heureuse que...

– D'accord. Très bien.

Cette conversation est surréaliste. Elle ne semble pas vouloir se défiler et j'en suis ravi. Puis quelques secondes de silence se passent sans que nous sachions quoi ajouter.

– Souhaitez-vous que je vienne préparer le repas pour demain soir ?

– À vrai dire, je finis tard et je comptais commander chez le traiteur.

– C'est ce que vous faites d'habitude ?

– Oui, c'est exact.

– Oh…

– Ça ne vous convient pas ?

– Ce n'est pas ça. C'est juste que je me demandais si c'est ce que nous ferions si nous habitions réellement ensemble. Pensez-vous que je vous laisserais commander chez le traiteur pour notre premier repas avec votre sœur ?

Je ne peux m'empêcher d'étouffer un petit rire.

– Non, vous avez raison.

Comme bien trop souvent d'ailleurs.

– Venez quand il vous plaira. Je préviendrai Mme Rodriguez, la concierge. Elle vous donnera un double des clés. Je vous envoie l'adresse.

Je prends alors conscience qu'elle va entrer chez moi sans surveillance, et bien que je ne la connaisse pas vraiment, je n'éprouve aucune inquiétude à cela.

– C'est parfait, alors… à demain, Matt.

– À demain, April.

Je raccroche et lui envoie mon adresse par texto, puis repose mon téléphone. J'éprouve une certaine fébrilité à l'idée de ce repas. Non pas à cause du mensonge que nous faisons croire à ma sœur, mais bien parce que je vais revoir April dans moins de vingt-quatre heures, et qu'entre ces murs, je ne suis pas certain de pouvoir lui résister.

19

April

– Cette idée est complètement folle, c'est n'importe quoi ! s'écrie Jen en me voyant enfiler mon manteau.

– Oui, je sais, mais avoue que ça t'excite de savoir comment ça va se finir !

– Je sais déjà comment ça va se finir, et crois-moi, je ne suis pas pressée d'y être, me lance-t-elle avec un sourire contrit.

– Je sais... Je risque d'être déçue, triste et tout et tout. Mais c'est plus fort que moi. J'ai besoin de le revoir. Juste une dernière fois. Écoute, je pensais vraiment qu'il avait annoncé à sa famille que nous étions séparés. Ce qui aurait été beaucoup plus simple et nous n'en serions pas là, je te l'accorde. Mais je ne pensais pas le trouver à Grant Park l'autre jour. Je ne comprends pas... Toi qui crois au destin, pourquoi n'y crois-tu pas aujourd'hui ?

– Parce que cette histoire ne te mènera nulle part. Vous ne cherchez pas la même chose.

– Et pourquoi pas ? Coucher avec lui est peut-être la solution justement pour le mettre derrière moi.

– Derrière ? Tu es sûre que c'est comme ça que tu veux qu'il soit ?

J'éclate de rire.

– Tu m'as très bien comprise. Après, je pourrai certainement le chasser de mon esprit. Tu sais, c'est le genre de mec à t'obnubiler tant que tu n'as pas couché avec lui. Mais si ça se trouve, il est nul au pieu et l'affaire sera réglée !

– Et s'il baise comme un dieu ?

– Ça, je te le dirai après.

– De toute façon, tu es incapable de coucher avec un mec juste pour une nuit, juste comme ça. Je te connais.

– Eh bien, peut-être que j'ai changé, m'écrié-je, agacée. Si tout le monde s'entend à dire que les coups d'un soir sont les meilleurs, pourquoi ne pas essayer ? J'en ai marre d'attendre le grand amour, marre d'espérer rencontrer un homme qui m'aime vraiment, en qui je pourrais avoir une réelle confiance. Et si je ne le rencontrais jamais ? Tu y as pensé à ça ? Je serais condamnée à finir toute seule ?

– Arrête de dire ça. Je suis persuadée que tu vas bientôt rencontrer l'homme de ta vie. Ce n'est qu'une question de temps.

J'attrape mon sac et m'apprête à partir.

– Je ne suis pas aussi confiante que toi, désolée. Matt me plaît et je sais que je ne le laisse pas indifférent. S'il me propose de coucher avec lui, juste une fois, il est possible que j'accepte. J'ai envie de baiser ! m'écrié-je soudain en ouvrant la porte de l'appartement.

Jen me regarde avec de grands yeux.

– Après, je pourrai passer à autre chose, ajouté-je plus doucement.

– Tu te voiles la face.

– De quelle face tu parles ?

– Tu es déjà éperdument amoureuse de lui et coucher avec lui ne ferait que renforcer les sentiments que tu lui portes.

– C'est n'importe quoi, je ne suis pas…

– Arrête, me coupe mon amie. Tu as vu le canon ? Comment ne pas tomber amoureuse d'un mec comme ça ?! On dirait Thor.

– Ah, toi aussi, tu trouves ?

Nous éclatons de rire toutes les deux, puis je lui dépose un bisou sur la joue avant de dévaler les escaliers, pressée et anxieuse.

J'aperçois Popol sur les boîtes aux lettres et m'arrête un instant pour le caresser.

– Salut, toi, lui dis-je doucement.

– Bonjour, mademoiselle April, dit une voix mielleuse juste à côté de mon oreille.

Je sursaute en poussant un cri et Popol s'enfuit. *Lâcheur !*

– Oh, mon Dieu, Gustave, vous m'avez fait peur, m'exclamé-je en me retournant.

– Comment allez-vous ?

– Bien, je vous remercie.

– Et avec votre petit ami ?

– Très bien également, c'est gentil de demander.

– Dites… commence-t-il à voix basse.

Il se penche vers moi et m'intime de son index de me rapprocher de lui, ce que je fais tout en restant sur mes gardes.

– Je vous ai entendue dans l'escalier.

Merde…

Je m'éloigne et me redresse brusquement. Ma gorge s'assèche et ma respiration se coupe.

– Sachez que je suis disponible si vous avez envie de… enfin vous voyez.

Oh, mon Dieu !

La nausée m'envahit. Des images me viennent à l'esprit et ce qui se profile dans ma tête est tout simplement horrible.

– Euh…

Ce ne serait pas le moment de partir en courant, là ?!

– Enfin, si vous avez besoin d'un petit coup de main, vous pouvez compter sur moi, ajoute-t-il. Ma loge sera toujours ouverte.

Mais NON !

– Merci pour votre proposition et votre… dévouement, Gustave, mais je crois-crois-crois que ça va aller. Je devrais pouvoir m'en sortir-tir-tir.

– Vous savez, mam'zelle April, la frustration n'a jamais été bonne pour personne.

Y a qu'à le regarder !

– Tout va très bien, je vous remercie, dis-je en faisant un pas sur le côté pour m'éclipser.

Il faut vraiment qu'il rencontre quelqu'un !

Et, de préférence, très rapidement !

***

Matt a vraiment tout de l'homme de mes rêves, jusqu'au quartier. À deux rues de Macy's, en face de Washington Square Park, je découvre un immeuble résidentiel en briques rouges, mais aux allures, malgré tout, très modernes.

En poussant les portes battantes, je pénètre dans un large hall au sol en tommettes. Je descends quelques marches et je remarque un grand comptoir derrière lequel se tient une petite femme rondouillarde, aux traits hispaniques et souriante. Je m'avance, hésitante.

– Bonjour, je suis une amie de Matt... Matthews Green.

– Oui, bien sûr. M. Green m'a prévenue de votre venue. Tenez, dit-elle en me tendant un trousseau de clés. C'est au cinquième étage, l'appartement au fond du couloir à droite.

– Je vous remercie.

– N'hésitez pas si vous avez besoin de quoi que ce soit.

Je lui adresse un large sourire et appuie sur le bouton du dernier étage. L'ascenseur se met en marche, et à peine une minute plus tard, mon cœur s'accélère quand je me retrouve devant sa porte.

Toute cette histoire est totalement insensée.

Par précaution, je frappe au cas où il serait encore là. Il est midi et demi et je me doute qu'il est au travail, mais on ne sait jamais. Après quelques secondes de silence absolu, j'introduis la clé dans la serrure d'une main tremblante et pousse la porte pour entrer.

L'appartement est silencieux et j'inspire profondément en fermant les yeux. Je pose mon sac et mon manteau et enlève mes chaussures dans la petite entrée avant de poursuivre ma visite dans le salon. Tout est calme et terriblement vide. Je suis surprise du côté aseptisé de son appartement. Je ne sais pas à quoi je m'attendais, mais certainement pas à cela. Les murs sont aussi blancs que le carrelage et aucune décoration ne vient perturber cette monochromie. Au centre de la pièce principale, un grand canapé en cuir noir, froid et lisse, ainsi qu'une table basse laquée, noire également. En face, un meuble sur lequel reposent une immense télévision et les derniers numéros de *SIX Financial Information*, *Businessweek*, *Forbes* et *Fortune*. Derrière se trouve la cuisine, séparée du salon par un grand bar laqué blanc. Deux tabourets en aluminium sont disposés devant, mais là encore, aucune décoration, aucune touche de couleur.

Je me retourne et parcours la pièce du regard. Je ne remarque aucune table à manger, aucune chaise. Comment peut-on vivre dans cet endroit ? Tout est si impersonnel. Je continue ma visite et découvre une chambre avec un lit fait au carré et un dressing impeccablement tenu. Je distingue une dizaine de costumes et de chemises repassées, et ma main frôle les tissus. Soudain, je remarque un pull à grosses mailles et je reconnais aussitôt celui qu'il portait pour la Saint-Valentin chez ses parents. Mon cœur marque un arrêt, et après quelques secondes d'hésitation, je porte le lainage à mon visage pour inspirer profondément. Une odeur de lessive senteur océan m'emplit les narines et je le repose, un peu déçue. Derrière une autre porte, une deuxième chambre identique, mais au dressing vide. Puis enfin, une salle de bains où aucune trace de calcaire ne vient voiler l'éclat des robinets.

On dirait un appartement témoin. Je n'arrive pas à croire que Matt vit ici. Il y a bien une brosse à dents et quelques produits indispensables, mais rien d'autre. Poussée par la curiosité, j'ouvre un placard au-dessus du lavabo et découvre une bouteille de parfum que je reconnais aussitôt. Ne pouvant m'en empêcher, je porte le flacon à mon visage et respire profondément en fermant les yeux. Aussitôt une nuée de papillons prend possession de mon estomac. Voilà l'odeur que je cherchais. Un doux frisson me parcourt l'échine et je le revois, plaqué contre moi dans la salle de bains de ses parents. Comment un homme d'apparence si froide peut embrasser avec autant de chaleur et de passion? J'ai du mal à comprendre.

Je repose le parfum, à contrecœur, et retourne dans le salon. Lisa ne voudra jamais croire que nous habitons ensemble si l'appartement reste en l'état. Qui pourrait imaginer qu'un couple vient d'emménager ici ? Je n'ai jamais vécu en couple avec un homme, mais sans trop m'avancer, je pense que cela ne doit pas ressembler à ça. Si nous voulons faire illusion ce soir, je dois faire quelque chose pour la déco et pour les meubles. Parce que franchement, sur quoi allons-nous manger ? La table basse ? C'est hors de question. J'essaie de réfléchir rapidement, puis me risque à ouvrir quelques placards. Rien, ils sont quasiment vides. Aucune vaisselle, mis à part une ou deux assiettes et un verre posé sur le rebord de l'évier. C'est une blague ?

Si je n'avais pas trouvé le parfum de Matt dans la salle de bains, j'aurais pu me demander si j'étais au bon endroit. Cet appartement est pire qu'un appartement de célibataire. C'est un appartement dénué de personnalité, de sensibilité, de chaleur humaine, de vie tout simplement.

J'attrape mon téléphone et compose le numéro de Jen.

– C'est une catastrophe, dis-je en actionnant l'appel vidéo.

– Que se passe-t-il ?

– Regarde par toi-même.

Je fais pivoter le téléphone sur lui-même et fais découvrir l'appartement à mon amie, qui reste muette.

– Il n’a même pas de vaisselle, ni même de table ou de chaises. Comment je fais pour préparer un dîner dans ces conditions? paniqué-je.

– Ah… Tu sais ce que j’en pense.

– Oui, tu trouves que c’est une idée horrible, désastreuse même, mais j’ai besoin de ton aide, Jen. S’il te plaît, dis-je d’un ton suppliant.

– Bon, allez, tu sais bien que je ne peux rien te refuser. De quoi as-tu besoin?

– Merci, merci, merci! Bah, en fait, j’ai besoin de tout, parce qu’il n’y a rien.

– OK, envoie-moi l’adresse par texto et je me débrouille.

– Tu es un amour, je te remercie! J’ai vu une supérette au coin de la rue, je vais acheter ce dont j’ai besoin pour faire le repas. Je t’adore, je me demande ce que je ferais sans toi!

Jen rit et raccroche. Je me rechausse, enfile mon manteau et attrape mon sac avant de redescendre rapidement.

– Tout va bien, mademoiselle April? me demande la concierge.

– Oui, très bien, la rassuré-je en m’arrêtant à sa hauteur. Dites-moi, madame Rodriguez, sauriez-vous où je pourrais trouver des ustensiles de cuisine dans le quartier? Je dois préparer un repas, mais…

– Je peux vous prêter tout ce que vous voudrez, me répond-elle avec un large sourire. M. Green ne reçoit jamais personne, je me ferai une joie de vous aider.

– Vous ne m'étonnez pas. Son appartement n'est pas propice aux soirées chaleureuses.

La concierge rit et je lui fais une rapide liste de ce dont j'aurai besoin.

– Je demande à mon mari de monter tout cela dans l'appartement de M. Green.

– C'est parfait, je vous remercie, dis-je avant de filer.

***

Ce soir, j'ai prévu du poulet tikka masala. Un plat indien très réputé en Angleterre, à base de poulet, bien sûr, mariné dans des épices, accompagné de riz. C'est l'une de mes spécialités, j'espère que tout le monde aimera.

Vers quinze heures, j'entends qu'on frappe à la porte de l'appartement. Je m'essuie les mains et vais ouvrir. J'ai juste le temps de m'écarter pour laisser passer Jen et une demi-douzaine de gros bras, tous extrêmement chargés.

– Tu as de la chance qu'on connaisse du monde dans le cinéma, me dit mon amie en posant deux gros sacs dans l'entrée. J'ai appelé Jaime et elle a accepté de nous prêter quelques décors.

– Tu es ma sauveuse ! dis-je en serrant mon amie dans mes bras.

Les hommes s'affairent pendant deux bonnes heures et transforment l'appartement. Une table et six chaises trônent maintenant dans le salon. Un tapis recouvre le sol trop froid et plusieurs tableaux décorent les murs trop blancs. Jen m'aide à disposer la vaisselle sur la table ornée d'une jolie nappe sombre aux motifs dorés.

– Nous repasserons demain pour tout récupérer, me lance l'un des déménageurs avant de partir.

Je hoche la tête avant de me tourner vers ma meilleure amie.

– Je te revaudrai ça, c'est promis.

– Mais j'espère bien, me glisse-t-elle avec un clin d'œil.

– Tu penses toujours que c'est une mauvaise idée?

– Oui, mais... je suis curieuse de savoir comment va se terminer la soirée! me dit-elle avant d'éclater de rire. Oh, et une dernière petite chose...

Elle fouille au fond de son sac et récupère un cadre photo avec un portrait de moi pris lors de l'une de nos sorties.

– Je me suis dit que ça ferait bien.

Je la serre à nouveau dans mes bras. Qu'est-ce qu'elle va me manquer quand elle habitera avec Aaron.

Je remercie tout le monde une dernière fois et referme la porte. J'installe mon portrait à côté de la télévision et parcours la pièce du regard. L'appartement n'a plus rien à voir avec ce qu'il était. C'est fou comme des meubles et quelques touches de couleurs peuvent tout changer. J'espère que Matt ne va pas trop râler. De toute façon, il retrouvera son espace intact demain.

Je jette un œil à l'horloge. Il ne devrait plus tarder. Je dois me changer. Mon cœur s'accélère, j'ai le sentiment d'avoir 15 ans et d'aller à mon premier rancard. C'est ridicule, car ce n'en est pas un. Mais je ne peux m'empêcher de repenser à ma discussion avec Jen. S'il ne peut m'offrir qu'une seule nuit, qu'est-ce que je risque ?

Je récupère une petite robe bordeaux dans mon sac et me précipite dans la salle de bains pour l'enfiler. J'ose à peine poser ma trousse de toilette sur le rebord du lavabo. C'est très étrange d'être là, dans son appartement, dans sa salle de bains, à préparer une soirée « mensonge ». J'ai l'impression d'enfiler un costume avant d'entrer en scène.

Je hume une nouvelle fois le parfum de Matt et mon entrejambe me chatouille. Dans quelques minutes, il sera là. À cette simple idée, mes mains deviennent moites et mes jambes se mettent à trembler. J'entreprends de me maquiller, mais je dois m'y reprendre à plusieurs reprises à cause de mes bras qui commencent à brasser l'air autour de moi. J'efface les traces de mascara sur mon front et mon menton – une véritable œuvre de Picasso – et applique, en tapotant mes lèvres du bout du doigt, un gloss quasi transparent.

J'ai juste le temps de mettre en route la playlist de Matt quand j'entends une clé dans la serrure. Mon cœur tape un grand coup dans ma poitrine.

The show must go on…

20

Matt

La journée m'a paru durer une éternité. Je n'ai fait que regarder ma montre en me demandant ce qu'April était en train de faire. Est-elle arrivée ? Est-elle en train de découvrir mon appartement ? Que va-t-elle préparer comme repas et surtout avec quoi va-t-elle le préparer ? Mon chez-moi est loin d'être un lieu convivial et je me demande ce qu'elle en a pensé en entrant.

Au bout d'un moment, n'y tenant plus, j'ai fini par partir en avance du boulot pour aller acheter une bouteille de vin dans une petite boutique spécialisée à l'autre bout de Chicago. Ce n'est pas vraiment dans mes habitudes de quitter le travail plus tôt et certains collègues se sont montrés surpris. Je leur aurais bien avoué que mon comportement me surprenait autant qu'eux, mais j'aurais eu l'air d'un fou.

Au fur et à mesure que l'ascenseur progresse, mon cœur s'accélère. Et si elle n'était pas là ? Je m'arrête dans le couloir menant à mon appartement et regarde la bouteille de vin que je tiens fébrilement dans ma main. Pourquoi suis-je aussi nerveux tout à coup?

J'insère la clé dans la serrure, m'attendant presque à me retrouver seul, mais c'est une délicieuse odeur de nourriture qui m'accueille. Mes papilles se mettent aussitôt à frétiller, car je reconnais cette senteur épicée. Du poulet tikka masala, mon plat préféré lorsque je faisais mes études à Londres. Je ferme les yeux... Telle une madeleine de Proust, il me projette dix ans en arrière, à un moment de mon existence où je croyais que l'amour était possible, où je rêvais de rencontrer la femme de ma vie, où j'étais un indécrottable romantique, comme ma mère. Tout ça me paraît si loin que j'ai du mal à me souvenir de l'homme que j'étais alors.

Je rouvre les yeux et découvre le manteau d'April pendu dans l'entrée. Mon cœur se gonfle. Moi qui pensais que son intrusion dans mon espace personnel allait me déranger, je me surprends à trouver agréable de ne pas arriver dans un appartement vide et silencieux. La voix sourde de Chris Bell résonne et un frisson me parcourt l'échine. Le blues est vraiment la plus belle des musiques. J'avoue que c'est la seule chose de mon côté romantique que j'ai conservée. Je ne peux pas passer une journée sans écouter ces rythmes lents et suaves.

La respiration profonde, je me défais à mon tour de mon manteau, puis pénètre dans mon salon et m'arrête net.

Où est passé mon salon ?

Mais qu'est-ce que c'est que tout ça ? Je ne reconnais pas mon appartement. Mon regard se tourne vers les murs où sont accrochés des tableaux, puis j'aperçois une table, joliment dressée. Depuis quand ai-je une table et des chaises chez moi ? Je devrais être en colère, mais au lieu de cela, j'en suis étrangement touché. C'est incroyable à quel point cette pièce a pris vie en si peu de temps. Comment April a-t-elle pu faire tout ça ?

Puis mes yeux tombent sur elle, et cette fois, j'ai le souffle coupé. Mon cœur s'affole et ma queue tressaute. Ma gorge s'assèche. Je suis sous le charme. Elle est splendide dans sa petite robe bordeaux. Elle porte des collants – ou des bas, à vérifier – noirs et des chaussures à talons qui lui donnent une allure de femme fatale. Je comprends que mes bonnes résolutions de rester loin d'elle vont être encore plus difficiles – voire impossibles – à tenir.

– Bonsoir, me dit-elle timidement.

– Bonsoir, réponds-je sans pouvoir détacher mon regard.

– Ne vous inquiétez pas, tout ceci n'est qu'un prêt. Dès demain, vous retrouverez votre appartement, ajoute-t-elle en s'élançant vers moi.

Je la sais nerveuse, car ses petites mains commencent à chasser les mouches autour d'elle et je trouve ça terriblement excitant.

Je suis vraiment dans la merde…

– C'est… c'est différent, effectivement.

– Ce sont des décors de cinéma, s'empresse-t-elle d'ajouter.

Je la regarde, surpris.

– De cinéma ? Vous connaissez du monde dans le cinéma ?

– Euh… Jen. Elle est comédienne.

Nous restons un long moment à nous regarder, sans vraiment savoir quoi nous dire. Cette situation est tellement étrange. Je promène mon regard sur April et je sens, imperceptiblement, un mouvement au niveau de ma braguette. Cette fille m'attire, je brûle de désir pour elle.

– Je… vais prendre une douche, annoncé-je rapidement avant de disparaître dans la salle de bains.

Il faut que je m'éloigne d'elle et que je fasse redescendre la pression. Une bonne douche froide est le plus approprié.

21

April

Je m'affaire dans la cuisine, remettant en place plusieurs fois les ustensiles prêtés par Mme Rodriguez et pliant et repliant les torchons. Il faut que je m'occupe l'esprit, que j'arrête d'imaginer Matt nu sous sa douche, à seulement quelques mètres de moi. Je ne l'ai même pas entendu verrouiller la porte, une autre habitude de célibataire très certainement. À moins que ça ne soit une invitation à le rejoindre ? Non, c'est une habitude. Une vieille habitude qu'il n'a visiblement pas envie de changer. Il n'y a qu'à voir sa tête quand il est entré et qu'il a découvert son appartement. J'ai cru qu'il allait s'évanouir sur place.

Je remue la sauce tikka masala en tentant de penser à autre chose quand, tout à coup, je sens quelqu'un se glisser derrière moi.

– Ça sent divinement bon.

Je sursaute et pousse un petit cri en me retournant.

Matt n'est qu'à quelques centimètres de moi. Il porte un jeans foncé et une chemise gris anthracite dont il a remonté les manches sur ses avant-bras. Je déglutis en découvrant sa peau et me passe la langue sur les lèvres.

– Je-je-je ne vous avais pas entendu arriver.

– Désolé, si je vous ai fait peur.

– Non, ce n'est rien, dis-je, troublée.

Matt m'observe et ses pupilles se dilatent. Sa cage thoracique se soulève de plus en plus vite. Mon désir pour lui est si grand que j'ai l'impression de me liquéfier sur place. Il ne me lâche pas du regard et sa mâchoire est contractée. Je vois sa pomme d'Adam monter et descendre, et au moment où je sens qu'il va se rapprocher de moi, il se retourne et fait quelques pas dans le salon.

Je cligne des paupières plusieurs fois pour tenter de reprendre une certaine contenance. Quand je les rouvre, il tient mon portrait entre les mains. Il reste un long moment à l'observer, puis relève les yeux vers moi.

– C'était une journée avec Jen au Rainbow Beach Park. Elle a pensé que ça ferait plus authentique.

Il me sourit et repose le portrait sur le meuble.

– J'ai cru que je m'étais trompé d'appartement en arrivant, avoue-t-il.

– Je suis désolée d'avoir chamboulé votre intérieur. J'ai voulu mettre un peu plus de…

Il se retourne vers moi et se mord la lèvre inférieure en me dévisageant.

– … chaleur.

Il fait quelques pas dans ma direction et ma gorge s'assèche. Un voile floute son regard et mon rythme cardiaque s'affole.

– Tout est parfait, April, la décoration, le menu…

Mon prénom qui glisse sur sa langue me perturbe beaucoup. Je ferme les yeux et humidifie mes lèvres. Je vais finir par exploser comme une Cocotte-minute si ça continue. Il se rapproche encore un peu plus. Il n'est plus qu'à quelques centimètres et son parfum me procure de délicieux frissons. Jen a raison. Je suis éperdument amoureuse de lui. Je me recule d'un pas et heurte le bar. Il pose une main de chaque côté de moi et ma petite culotte prend feu.

– … vous.

Il remonte ses mains le long de mes bras et mon cœur semble vouloir s'expulser de ma poitrine. Je n'arrive pas à détacher mon regard du sien, puis il passe une main dans mes cheveux et un gémissement s'échappe de ma gorge sans que je puisse le contrôler. Le rouge me monte aux joues et je le vois sourire. Puis il se mord à nouveau la lèvre inférieure avant d'oser parcourir l'espace qui nous sépare. Quand sa bouche se pose sur la mienne, une nuée de papillons s'envole. Ma tête se met à tourner, et mes jambes à vaciller. Son baiser n'a rien à voir avec celui de la dernière fois. Il est tout aussi ardent et passionné, mais il a un goût différent. Peut-être parce que ça fait plus de deux semaines que je l'espère et que j'attends? Quoi qu'il en soit, ses lèvres sont douces et chaudes. Elles emprisonnent les miennes avec volupté. Un nouveau gémissement monte dans ma gorge, accueilli par un grondement de sa part. Soudain, son baiser se fait plus urgent, plus intense. Son corps se plaque contre moi et je perçois nettement – très nettement – son érection dure et longue contre ma hanche. Sa langue se fraie un chemin entre mes lèvres et vient caresser la mienne. Je suis en feu, et pour la première fois de ma vie, ma culotte est trempée. Je peux le sentir. Il me tire les cheveux en arrière pour intensifier notre baiser et je m'envole dans un monde parallèle. Sa deuxième main vient effleurer délicatement ma poitrine et mon corps entier vibre quand il se met à malaxer mon sein. Il appuie un peu plus son bassin contre le mien et je frémis. Ma tête est ailleurs, mon cœur explose.

Soudain, quelqu'un frappe à la porte, nous arrachant des bras l'un de l'autre. Nos lèvres sont gonflées, et nos respirations saccadées.

– J'arrive, crie Matt sans me lâcher du regard.

Notre désir n'est pas retombé, son érection non plus. Il me regarde comme un lion avant d'attaquer une proie et je me sens aussi fébrile qu'une gazelle prête à se faire dévorer. Son souffle est aussi court que le mien. Encore un acte manqué… Je me mets à repenser aux paroles de Gustave de ce matin. Pas le passage où il se propose de me chevaucher sauvagement dans sa loge avec Popol qui assisterait au spectacle, mais le passage sur la frustration. Tout à coup, c'est beaucoup plus net dans mon esprit.

Je le vois réajuster son jeans avant d'aller accueillir sa sœur et Jeff. Mes jambes flageolent encore quand j'entends la porte s'ouvrir. Il faut que je me ressaisisse rapidement. Je tente de me recoiffer du bout des doigts et adopte le visage de la femme tout à fait à l'aise.

– Bonsoir, oh mais, huuuum, quelle bonne odeur ! s'écrie Lisa en entrant.

– J'imagine que ce n'est pas toi qui as cuisiné, lance Jeff.

– On ne peut rien te cacher, lui répond Matt en les invitant à entrer.

– Bon-bon-bonsoir, lancé-je difficilement.

Lisa s'approche de moi et me prend les mains.

– Ne sois pas stressée, ma belle, d'accord. Je ne voudrais pas que tu te sentes mal par notre faute. On se détend, tout va bien se passer.

Mon Dieu, si elle savait la cause de ma soudaine crise.

– D'a-d'a-d'accord, dis-je en reprenant mon souffle.

– Matt, ton appartement est tellement différent, s'extasie Lisa en tournant sur elle-même.

– Oui, j'avoue être aussi surpris que toi, lui répond-il en me lançant un petit regard complice. April a fait des merveilles ici.

– Heureusement que tu es arrivée dans sa vie, sinon il aurait fini par s'encroûter.

Nous éclatons de rire toutes les deux alors que Matt fait les gros yeux à sa sœur, ce qui ne fait qu'alimenter notre amusement.

– Et si nous débouchions cette bonne bouteille de rouge, qu'en dites-vous ?

– Excellente idée, Matt, répond Jeff.

Le bruit du bouchon résonne alors que j'attrape quatre verres à pied. Matt les remplit en m'observant discrètement. Son regard est toujours aussi brûlant et je sens le feu me ravager de l'intérieur.

– Ton poulet est excellent, lance Matt.

Je suis surprise de son compliment et je souris doucement.

– Je suis ravie que ça te plaise.

– Tu as trouvé la femme parfaite, s'exclame Jeff alors que Lisa lui frappe le bras. Après ta sœur, on est d'accord.

Nous rions, mais je ne peux m'empêcher de percevoir le regard inquisiteur de Matt sur moi. Je resserre les cuisses sous la table et inspire profondément.

– Dis-moi, April, c'est fou, j'ai l'impression d'avoir déjà vu ce tableau quelque part, me dit Lisa en désignant l'un des cadres que Jen a ramenés tout à l'heure.

– Ah bon ?

– Oui… mais je n'arrive pas à me souvenir.

Elle semble réfléchir un moment, puis sursaute.

– Ça y est ! C'est exactement le même que celui qu'a Matthews Casey dans *Chicago Fire*.

Je manque de m'étouffer en avalant ma salive et jette un coup d'œil à Matt.

– Oui, c'est un cadeau de Jen, l'amie d'April. Elle est comédienne.

– Sérieusement? s'étonne Lisa. Elle a joué dans quoi?

– Pas grand-chose, réponds-je. C'est assez difficile de percer. Elle fait surtout des apparitions ou des… publicités.

– Je la plains, lance alors Matt.

Je me rembrunis.

– Pourquoi?

– Ce ne doit pas être facile de se projeter dans l'avenir. Rien à voir avec ton métier d'architecte.

L'oxygène vient à manquer soudain et je prends conscience que Matt ne me regarderait sûrement pas de la même façon s'il connaissait mon choix de carrière.

– Je pense qu'il est important de ne pas abandonner nos rêves, dis-je en le fixant. Si on devait tout arrêter par peur de ne pas réussir, on ne ferait pas grand-chose.

Un voile floute son regard et il détourne les yeux pour boire une gorgée de vin.

– Je suis tout à fait d'accord avec toi, répond Lisa.

Puis elle lève son verre dans ma direction en souriant.

– Aux rêves!

– Aux rêves, répété-je en évitant de regarder Matt.

La soirée bat son plein et je dois avouer que je me trouve beaucoup de points communs avec Lisa. Enfin, d'ordre moral, car il reste évident que nous n'avons pas les mêmes références culturelles. Tout comme son frère, elle évolue dans un univers à l'opposé du mien. Elle gère l'une des plus grosses compagnies d'assurances de la ville et Jeff est rédacteur en chef d'un des journaux locaux. Il est vrai qu'en tant qu'architecte, je pourrais m'insérer facilement dans leur monde, mais en tant que comédienne ratée, j'ai un peu de mal à suivre.

Après le dessert, les hommes décident de boire un whisky sur le balcon et discutent des derniers résultats sportifs. Lisa et moi nous installons sur le canapé, une infusion à la main.

– Si tu savais comme je suis contente que Matt ait rencontré une fille comme toi, me confie Lisa en posant une main sur mon genou.

– C'est gentil, mais tu sais, notre histoire est encore récente. On ne sait pas de quoi demain sera fait.

Elle va être tellement déçue quand Matt lui dira la vérité.

– Non, c'est certain, mais le regard qu'il te lance ne trompe pas.

Mes joues s'empourprent aussitôt.

– Et je constate que c'est pareil de ton côté.

– Je l'aime bien, oui, admets-je.

Je lui parle comme à une amie, mais j'oublie que je ne la reverrai jamais, elle non plus.

Lisa me sourit.

– Après ce qu'il a vécu avec son ex, je ne croyais pas qu'il se remettrait un jour en couple.

– Qu'a-t-il vécu avec son ex? demandé-je, intriguée par le halo de mystère entourant cette fille.

Ce n'est pas la première fois qu'on y fait allusion, mais Matt n'a jamais abordé le sujet. Lisa secoue la tête.

– Des choses vraiment compliquées. Matt avait 22 ans quand il l'a rencontrée. Il venait de rentrer de Londres. Il était très fleur bleue à cette époque.

Matt fleur bleue? Matt romantique? On est sûr de parler du même mec?

– Il croyait dur comme fer à l'amour véritable, et quand il a rencontré Sophie, il est tombé fou amoureux d'elle. C'était la bonne, il en était persuadé. Ils sont restés ensemble trois ans.

– Que s'est-il passé? Pourquoi ont-ils rompu?

– C'était une tordue, une vicieuse. Elle a abusé de sa confiance et...

Soudain, les garçons reviennent et Lisa s'arrête net.

Zut!

Décidément, je ne connaîtrai jamais la fin de cette histoire.

– Il est tard, bébé, la baby-sitter va râler, dit Jeff.

– Oui, tu as raison, nous ferions mieux de partir.

Lisa se lève et récupère son manteau avant d'embrasser son frère.

– Les regards ne trompent pas, l'entends-je lui glisser à l'oreille.

Elle me fait un clin d'œil. Matt tourne la tête vers moi et je me sens rougir.

Puis ils nous remercient et quittent l'appartement.

Aussitôt, le silence retombe. Seul le blues continue son rythme lent et sensuel. Mon pouls se remet à s'accélérer dangereusement. Il faut que je m'occupe l'esprit et les mains pour éviter de penser que je suis à nouveau seule avec Matt.

Je m'attelle à débarrasser ce qu'il reste sur la table, Lisa m'ayant déjà bien aidé tout à l'heure. Alors que je replie la nappe, Matt revient dans le salon et nos regards se croisent. Mon corps se fige.

– Je suis désolé pour ce qu'a dit ma sœur avant de partir.

– Sur le repas qui était excellent? demandé-je innocemment.

Matt sourit et semble percevoir ma gêne.

– Non, dit-il en se rapprochant. Cette histoire de regards...

– Oui, c'est n'importe quoi, soufflé-je, troublée. Si elle savait que nous jouons un rôle et que tout ceci n'est qu'illusion.

D'un geste brusque, je balaie la pièce. Oui, tout ceci n'est qu'illusion et mon cœur se fend à cette constatation.

– Oui, me répond Matt. D'ailleurs, maintenant que ce dîner est passé, je vous promets de lui parler très rapidement et de lui annoncer notre séparation. Je ne voudrais pas que la situation se représente.

Mon cœur se serre douloureusement et je refoule des larmes qui menacent de venir inonder mes yeux.

– Vous avez raison. Nous avons assez joué, conviens-je en finissant de plier la nappe. De toute façon, tout était très clair dès le départ. Vous ne cherchiez pas une véritable petite amie, mais juste un moyen d'échapper à la pression de votre mère. C'est chose faite, il me semble.

– C'est exact.

La douleur s'insinue dans les pores de ma peau. Je regarde Matt et repose la nappe sur la table.

– Bon. Il est temps que je m'en aille, annoncé-je au bord de l'agonie. Des hommes passeront demain récupérer les meubles. La vaisselle est faite, vous n'aurez à vous occuper de rien.

– Parfait.

– Ainsi, vous retrouverez votre intérieur si…

Les mots se bloquent dans ma gorge.

– Froid ?

– Oui, voilà si… froid, acquiescé-je en m'apercevant que Matt ne m'a pas quittée des yeux.

Soudain, il se rapproche de moi et mon cœur s'emballe, mon entrejambe fourmille. J'ai encore le goût de son baiser de tout à l'heure sur les lèvres et les épices n'ont pas réussi à me le faire oublier. Je ferais vraiment mieux d'y aller. Je déglutis très difficilement quand il passe une mèche de mes cheveux derrière mon oreille.

Et nous y revoilà…

– Tout ceci était une mauvaise idée… murmure-t-il.

– Oui, une très mauvaise, articulé-je difficilement.

– Je ne cherche pas l'amour, continue-t-il.

– Je sais.

J'inspire profondément, mais mes mains me trahissent.

– Je ne peux pas t'offrir ce que tu recherches.

Ce soudain tutoiement m'indique que nous avons dépassé certaines barrières qu'il s'était fixées.

– Qu'est-ce qui te fait croire que je cherche quelque chose de différent?

Une lueur brille dans son regard et sa poitrine se soulève.

– Je n'ai pas envie de te blesser. Tu es si... dit-il en promenant son regard sur moi.

Mon corps s'enflamme, je n'en peux plus. Je sens son désir transpirer par tous les pores de sa peau.

J'aimerais qu'il termine sa phrase, mais je sais qu'il ne le fera pas. Je le sens torturé et ça me fend le cœur. Il a envie de moi autant que j'ai envie de lui. Nous sommes adultes. Finissons-en une bonne fois pour toutes et qu'on n'en parle plus.

– Je n'attends rien. Je ne te demande rien. Aucune promesse que tu ne pourras tenir.

Son regard transpire la douleur. Mon corps refuse de se déplacer alors que mes mains font des moulinets dans tous les sens. Matt les attrape doucement, provoquant en moi une chaleur incandescente. Il les place sur son torse comme l'autre jour. Je sens son cœur qui bat la chamade et je perçois son souffle de plus en plus saccadé. J'ai envie de lui comme jamais. Ma petite culotte est trempée – encore – et mon entrejambe est en feu. Il lâche mes mains, qui ont arrêté de bouger comme par enchantement, et passe l'une des siennes sur ma joue avant de l'enfouir dans mes cheveux.

– Et si nous reprenions là où nous nous sommes arrêtés tout à l'heure? me propose-t-il dans un murmure.

Je hoche doucement la tête, prête à m'évanouir. Son autre main vient se placer sur mes reins et il me plaque contre lui. Je pousse un petit cri en découvrant son érection contre ma hanche, puis il fond sur ma bouche.

Cette fois-ci, plus aucune barrière ne nous retient. Je glisse mes mains dans sa nuque et intensifie notre baiser. Une coulée de lave court dans mes veines. Nos lèvres se goûtent, se mordillent, se suçotent. Que c'est bon! Sa langue quitte ma bouche pour descendre sous mon oreille, me tirant un long gémissement. Un frisson s'empare de moi alors que je sens sa main descendre ma fermeture Éclair. En moins de temps qu'il n'en faut pour y penser, ma robe échoue à mes pieds. Mes mains tremblent. Cela fait tellement longtemps que je ne me suis pas retrouvée nue devant un homme. Et cette passion, cette intensité qu'il y a entre nous est toute nouvelle.

Je tire sur sa chemise pour la faire passer par-dessus sa tête – pas de temps à perdre avec des boutons – et je découvre son torse imberbe, aux pectoraux saillants.

Il retire d'un coup de pied ses chaussures et je fais de même avec les miennes. Ses mains glissent dans ma petite culotte et il attrape mes fesses pour me rapprocher de lui. Je gémis contre ses lèvres. Il me soulève dans ses bras et m'assied sur le bar laqué blanc. Puis d'une main très agile, il dégrafe mon soutien-gorge, libérant mes seins lourds de désir. Il plonge tête baissée dessus et aspire mes tétons, déjà durcis par l'excitation, entre ses dents. Je m'agrippe à sa nuque et me cambre pour lui offrir mon corps. Instinctivement, mes cuisses s'écartent et je ne me reconnais pas. Je m'allonge sur le bar glacé et un nouveau frisson me parcourt. Mon corps entier est secoué par de petits tremblements d'impatience. Il mordille l'intérieur de mes cuisses avant de venir m'embrasser là où personne ne m'a embrassée depuis de nombreuses années. Je sursaute au contact de sa bouche sur mes lèvres. Je gémis au contact de sa langue sur mon clitoris. Je me cambre au contact de ses doigts inquisiteurs.

Mon sang pulse dans mes veines, tambourine dans mes tempes. Ma tête tourne à vive allure et une douce sensation s'empare de moi. Les mains sur la tête de Matt, je lui intime de ne surtout pas s'arrêter. Sa langue s'enroule autour de mon clitoris. Une vague de désir monte en moi, un sentiment fort et puissant qui se propage dans toutes mes terminaisons nerveuses. Il grogne de plaisir quand mes cuisses se contractent et je jouis contre sa bouche en frissonnant.

Il remonte le long de mon corps et je me redresse, encore secouée par cet orgasme. Il m'attrape à nouveau les fesses et j'enroule mes jambes autour de sa taille. Il réinvestit ma bouche avec avidité. Ses lèvres et sa langue sont gonflées de m'avoir léchée. Toujours sans un mot, il me porte jusqu'à sa chambre et me repose sur son lit. Je commence à déboutonner son pantalon, mais je n'ai pas le temps de finir qu'il se retourne pour fouiller dans un tiroir à la recherche d'un préservatif. Il se débarrasse de son jeans et de son boxer et fait glisser la protection sur son érection. Je me mords la lèvre inférieure en le regardant faire. Puis il me ramène contre lui pour venir me posséder d'un coup de reins. Moi qui ai toujours eu besoin d'un flacon de lubrifiant à proximité, je suis surprise de l'aisance avec laquelle il me pénètre. Je coulisse sur son membre avec facilité. Je suis trempée et bouillante. Une perle de sueur dévale mon dos jusqu'aux reins. Matt me soulève les fesses pour me rabaisser sur lui avec force et vigueur.

Soudain, il me fait basculer en arrière et nous nous retrouvons allongés sur son lit, aux draps impeccablement lisses et repassés. Il attrape mon visage en coupe dans l'une de ses mains et m'embrasse tendrement, passionnément. Mon cœur s'enflamme. Son bassin continue de venir buter contre le mien. Nos lèvres s'éloignent, mais nos regards restent ancrés. Notre corps-à-corps est intense, puissant, vrai. Je repense à la réputation des coups d'un soir et je comprends mieux pourquoi. Le fait de savoir qu'on ne se reverra pas décuple les sensations. Tout est plus fort, plus brûlant, presque animal, mais avec une tendresse qui me déstabilise.

Une nouvelle vague s'empare de moi, aussi forte si ce n'est plus que la première. Son regard bleu azur se trouble et sa mâchoire se serre au moment où nous jouissons ensemble.

Nous sommes en nage. Mes cheveux collent à mon front et notre respiration est saccadée. Ses yeux sont toujours plongés au fond des miens, et alors qu'il ne s'est pas encore retiré de moi, il pose ses lèvres sur les miennes dans un ultime baiser.

22

Matt

Il y a une quinzaine de jours, j'ai connu la plus incroyable, la plus intense, la plus forte expérience sexuelle de toute ma vie. Jamais je n'aurais cru ça possible. Il y avait une telle passion, un tel désir entre nous.

D'un commun accord, April est repartie ce soir-là. Elle n'a pas passé la nuit avec moi et j'avoue avoir été soulagé. Je ne sais pas si j'aurais été capable de la laisser partir après m'être réveillé à ses côtés…

J'ai annoncé à Lisa que tout était terminé avec April quelques jours après. Elle n'a pas compris et j'ai eu du mal à trouver une excuse valable. J'ai prétexté une incompatibilité de projets. À y réfléchir, ce n'est pas si faux. Car si April a accepté de coucher avec moi ce soir-là sans rien attendre en retour, j'ai bien senti dans son regard qu'elle espérait plus. Voilà pourquoi je ne l'ai pas rappelée. Je ne veux pas qu'elle souffre en tombant amoureuse de moi. Je ne suis pas fait pour l'amour, voilà tout.

Il n'aura pas fallu attendre longtemps pour que Lisa annonce la nouvelle à ma mère. Je n'ai pas eu besoin de l'appeler pour le lui dire. J'ai eu droit à tout un tas de reproches, plus ou moins fondés. Mais j'ai coupé court à la conversation. Parler d'April est douloureux.

Mais maintenant, je vais pouvoir aller de l'avant et c'est une bonne chose.

Alors que je m'installe sur le canapé, mon téléphone se met à sonner. Le nom de ma sœur s'affiche et je décroche.

– Si tu appelles pour me demander de recontacter April, c'est inutile, dis-je sans préambule.

– Matt, dit-elle d'une voix angoissée.

Je me redresse.

– Que se passe-t-il ?

– C'est Jeff. Il a fait un malaise. Les pompiers le conduisent à l'hôpital.

– Est-ce que c'est grave ? demandé-je, très inquiet.

– On ne sait pas encore. Je vais passer la nuit avec lui là-bas, mais j'ai besoin que tu m'aides.

– Dis-moi ce que je dois faire.

– Je suis désolée de te demander ça, crois-moi. Si je pouvais faire autrement, je le ferais.

– Dis-moi, Lisa, répété-je.

– J'ai besoin que tu gardes les jumeaux.

Mon souffle se coupe et ma mâchoire se contracte.

– Je suis désolée, je sais que…

– Non, c'est bon, la coupé-je. Il n'y a pas de souci, je te les garde aussi longtemps qu'il le faudra.

– Oh, merci, Matt, dit-elle en éclatant en sanglots.

– C'est normal.

– Je serai là dans dix minutes.

– Je t'attends, dis-je avant de raccrocher.

Je reste figé et me passe les mains sur le visage. Je prends une profonde inspiration et déglutis en me levant. Il est temps. Temps que j'avance et que je fasse connaissance avec mon neveu et ma nièce.

À peine dix minutes plus tard, j'ouvre la porte à Lisa. Elle pousse une énorme poussette double dans l'entrée et je m'écarte pour la laisser passer. Puis je la prends dans mes bras et elle fond en larmes.

– Tout va bien se passer, ne t'inquiète pas.

– Il s'est effondré en plein milieu de la cuisine, m'explique-t-elle en reniflant.

– A-t-il dit quelque chose?

– Il s'est plaint d'une douleur à la poitrine, avoue-t-elle en pleurant.

Je serre les dents pour ne pas montrer mon inquiétude qui est pourtant bien présente.

– Ne t'inquiète pas, lui répété-je. Il est entre de bonnes mains.

– Écoute, je ne sais pas jusqu'à quand je vais être à l'hôpital. Tu es sûr que ça ne te dérange pas?

– Je n'ai rien de mieux à faire ce week-end.

– Merci. Papa et maman prendront le relais demain soir si ça vient à se compliquer.

– Ça ne sera pas le cas.

Lisa renifle et s'essuie les joues.

– Bon, tout est là, les biberons, les couches, les lits parapluie. N'hésite pas à m'appeler si tu ne t'en sors pas.

– Je vais gérer, fais-moi confiance.

Puis elle se penche au-dessus des bébés et les embrasse tour à tour.

– Vous allez passer un peu de temps avec tonton Matt, d'accord? Maman revient très vite. Je vous aime, mes amours, ajoute-t-elle, la gorge nouée.

Elle me remercie une dernière fois et disparaît, me laissant seul avec deux paires d'yeux bleus braqués sur moi.

J'attrape la poussette et l'emmène dans le salon, redevenu vide et froid depuis que les amis de Jen sont venus récupérer les meubles et autres décorations.

Je m'assieds sur le canapé face aux deux petites têtes blondes qui continuent de me fixer. Je ne me suis jamais senti aussi observé, passé au crible, qu'en ce moment présent. Je les regarde. Ils ressemblent à Lisa sauf qu'ils sont blonds comme moi quand j'étais petit.

– Bon, alors, qu'est-ce que maman a apporté? demandé-je en jetant un œil aux deux gros sacs à langer pendus au guidon de la poussette.

Je tire la fermeture Éclair du premier et découvre son contenu, sidéré. Qu'est-ce que c'est que tout ça? J'ai l'impression qu'elle me les a laissés pour une semaine. J'aperçois des doudous, des langes, des dizaines de couches.

Pourquoi autant?

Et plusieurs biberons avec une boîte de lait entière.

Mais ils mangent toutes les heures, ou quoi?

J'aperçois ensuite deux lits parapluie calés sous la poussette.

– Voyons voir ça...

J'en sors un de son étui et tente de le déplier. J'appuie sur le fond pour caler les pieds, mais les côtés retombent. Les barres ne se clipsent pas.

C'est quoi cette merde?!

Je tire dessus et réussis à bloquer un côté. Bon, plus que trois. Je tire, je secoue, je râle sous le regard amusé des jumeaux. Le côté clipsé se déclipse, faisant s'écrouler comme un château de cartes le lit parapluie. Je finis par me rasseoir sur le canapé, épuisé et énervé. Il faut être ingénieur pour savoir déplier ce truc-là, ou quoi? C'est quand même dingue. Soudain, Amy se met à pleurer.

Oh, non, pitié, pas ça.

J'attrape la poussette et commence à la secouer pour tenter de les bercer.

– Allez, on est gentils avec tonton, hein. On ne pleure pas.

Amy continue de chouiner et Jacob commence à faire pareil. Mon Dieu, quelle horreur! Qu'est-ce qu'il faut que je fasse? L'angoisse me submerge et j'essaie de réfléchir à ce que ferait Lisa. De la musique! Je l'ai déjà vue leur mettre une berceuse chez elle. Une musique horrible qui te reste en tête toute la nuit, mais tant pis. J'attrape le sac à langer et fouille dedans. Rien. Non mais, ce n'est pas possible! Elle ne m'a pas fait ça quand même! Les jumeaux pleurent carrément maintenant et je panique. J'attrape la télécommande et enclenche ma playlist en priant le ciel pour que ça fonctionne. Quelques secondes plus tard, ils s'arrêtent de pleurer et ouvrent de grands yeux, intrigués.

Je pousse un soupir de soulagement. Malheureusement, je sens que ça ne va pas durer. Je n'ai pas le choix. Il faut que je trouve de l'aide.

J'attrape mon téléphone et appelle la première personne qui me vient à l'esprit.

23

April

– Ce n'est pas parce que je n'ai pas encore 30 ans que je n'ai pas de problème de sécheresse vaginale. Avant, c'était… aïe… ouille… désagréable quoi. Mais… maintenant avec Lubridoux, tout est… plus doux.

– Coupez ! C'était parfait, s'écrie Beck, la réalisatrice de la publicité.

– Vous êtes sûre ? On peut la refaire si vous voulez, dis-je, hésitante.

– Non, inutile. April, tu as été absolument géniale. Très pro, très convaincante. Bravo. J'adore !

– Très bien, alors, dis-je en souriant.

En même temps, j'ai connu pire comme rôle à jouer.

– La publicité sera diffusée dans tout le pays d'ici quelques semaines.

Une raison de plus pour ne plus croiser Matt. Dans quelques semaines, il saura que je ne suis pas architecte et que j'ai menti sur mon identité.

– D'accord.

– Tu peux y aller. On te rappellera sûrement pour d'autres publicités.

– Merci.

Je regagne ma loge pour récupérer mes affaires et salue la maquilleuse avant de quitter le tournage.

Je file ensuite retrouver Lisa sur le plateau de *Chicago Fire* dans l'entrepôt 25. Elle me fait signe quand j'arrive et on me laisse passer pour que je puisse me rendre auprès d'elle.

Je croise plusieurs pompiers, enjambe des rails de caméra et rejoins mon amie.

– Alors? me demande-t-elle.

– Ça y est, c'est bouclé.

– Déjà?

– Oui, c'était rapide.

– Et ils t'ont donné un tube de Lubrimachin pour tester le produit? demande-t-elle en riant.

– Non, dis-je en secouant la tête.

Quand j'étais petite, je croyais que les acteurs de publicité étaient rémunérés en produits. Je m'imaginais déjà faire une pub pour des bonbons ou des chocolats et repartir chez moi avec des sacs remplis à ras bord. Avec le temps, j'ai préféré l'argent, beaucoup plus utile.

De toute façon, pour ce qui est de Lubridoux, je crois que je n'ai pas besoin de tester le produit. Vu la lubrification naturelle que j'ai sécrétée la semaine dernière, je pense que je peux désormais me passer de lubrifiant et même de gélules de *cranberry*. Reste à savoir si ça me ferait le même effet avec un autre mec que Matt...

Quand je repense à cette soirée... je ne sais pas. J'ai l'impression d'avoir été propulsée sur une autre planète le temps d'un instant. Le sentiment que ma vie s'est mise entre parenthèses quelques heures, que mon corps ne faisait qu'un avec le sien, que mon esprit et mes peurs s'étaient envolés. Je me suis sentie libre. Ça m'a fait un bien fou, à tous les niveaux.

Je n'ai pas eu de ses nouvelles et je fais mon maximum pour ne plus penser à lui. Nous avons fait ce que nous devions faire. Cette partie de jambes en l'air est la meilleure que j'aie jamais connue. Elle restera un joli souvenir. Même si mon cœur se contracte encore quand je pense à Matt.

Il faut dire que je n'ai pas cherché à le contacter non plus. Nous nous étions mis d'accord, et pour la première fois, nous avons fait les choses dans les règles. Aucune promesse. Aucune contrainte. Presque aucune douleur.

– Bon, et toi, ton tournage? demandé-je pour chasser mes pensées.

– Je suis ressuscitée, s'écrie-t-elle en riant.

– Raconte.

– Je joue le rôle de la nouvelle petite amie de Matthews Casey, dit-elle en tapant des mains.

– Waouh, mais c'est génial. Un vrai rôle, alors!

– Oui, c'est exactement ça. À force de me voir jouer les figurantes, ils ont fini par me repérer. Je suis super excitée.

– C'est vraiment top. Félicitations ! Et comment le prend Aaron ? Ça ne le dérange pas que tu puisses jouer la petite amie du beau gosse de la série ? Il n'a pas peur ? Il n'a rien dit ?

Jen prend un petit air embêté.

– Bah, en fait… j'ai dû passer un accord avec lui. Une sorte de compromis, tu vois. Il me laisse jouer les rôles que je veux, sans protester, à condition que… dit-elle sans finir sa phrase.

Elle relève la tête pour me regarder et une boule se forme dans ma gorge.

Je comprends aussitôt.

– À condition que tu partes vivre avec lui, c'est ça ?

– Oui, acquiesce-t-elle.

J'inspire profondément. Il fallait bien que ça arrive à un moment et je savais que je ne pourrais pas vivre toute ma vie avec ma meilleure amie.

– C'est une excellente nouvelle et je suis vraiment très heureuse pour toi et pour vous. Vous êtes faits pour être ensemble.

– Tu ne m'en veux pas ?

– Absolument pas.

– Tu es sûre ?

– Mais oui, promis, dis-je en souriant sincèrement.

– Et… tu sais ce que tu vas faire ? demande-t-elle, hésitante.

– Non. Je n'ai pas encore décidé.

Partir ou rester ? Telle est la question…

– Je vais emporter mes affaires petit à petit les prochains jours. Mais je paie ma part de loyer pour le mois entier, alors il te reste encore un peu de temps pour réfléchir.

– C'est gentil, dis-je.

– Tu me promets que ça va aller? Que tu ne seras pas triste?

– Je serai juste un peu nostalgique. On a passé tellement d'années ensemble. J'ai l'impression que c'est la première fois qu'on va vivre séparément.

– Et c'est le cas. Je dois t'avouer que moi aussi, ça m'effraie un peu.

– Tout va super bien se passer. Mais je compte sur Aaron pour te rassurer et s'occuper de toi comme il se doit.

Je serre ma meilleure amie dans mes bras et repars pour ne pas la déranger sur son tournage.

***

Ça y est, c'est officiel, je vais me retrouver seule d'ici quelques jours. Je regarde autour de moi et il y a déjà des objets qui ont disparu. Je ne pensais pas que ça se ferait si rapidement. Enfin si, mais pas tout à fait. Jen a commencé à déménager et déjà je ressens un terrible vide.

Je m'installe sur le canapé, un pot de glace Ben & Jerry's Cookies Dough sur les genoux et une cuillère

XXL dans la main. Puis j'attrape la télécommande et lance Netflix. Si je regarde une fois de plus *La Chronique des Bridgerton*, je vais me mettre à parler comme une aristocrate du XIXᵉ siècle. Je décide de zapper et découvre que la série *Dawson* a été ajoutée au catalogue. Je souris en me souvenant des dimanches après-midi que nous passions avec Jen à regarder les histoires de Dawson, Joey, Pacey et les autres. Je l'ai d'ailleurs très souvent comparée à Jen Lindley, ce qui l'agaçait au plus haut point. Noyée dans la nostalgie, je lance le premier épisode et engloutis une cuillérée de crème glacée.

Nous sommes samedi soir et ma vie se résume à une rediffusion de *Dawson*, seule sur mon canapé, avec un pot de glace comme unique compagnie. Si je ne fais pas attention, je vais finir comme Gustave, en culotte dans les couloirs, avec une vieille chatte à poil ras qui feule, à tenter de faire passer mes frustrations de vieille fille avec tous les locataires.

Alors que je m'apprête à ranger le pot de crème glacée au congélateur avant d'être malade, mon téléphone se met à sonner et mon cœur s'arrête de battre quand je vois le nom de Matt s'afficher sur l'écran. Je mets quelques secondes à atterrir, puis j'attrape la télécommande pour mettre sur pause mon programme pour adolescentes en mal d'amour et décroche.

– Allô ? dis-je en retenant mon souffle.

– Bonsoir, April…

Il semble hésitant. Pourquoi m'appelle-t-il un samedi soir? J'entrevois une lueur d'espoir.

– Je suis désolé de te déranger, mais j'ai besoin d'un conseil, annonce-t-il.

Je déchante un peu et une certaine appréhension m'envahit.

– Que se passe-t-il? demandé-je, inquiète.

– Sais-tu comment on déplie un lit parapluie?

– Un quoi?

Je secoue la tête. Je ne comprends rien. Pourquoi me parle-t-il de lit parapluie? Pourquoi a-t-il besoin de déplier un lit pour enfant?

– Jeff a fait un malaise, m'explique-t-il alors.

– Mince, ce n'est pas trop grave, j'espère.

Je m'en veux un peu de n'avoir pensé qu'à moi sur le coup.

– On n'en sait rien pour le moment. Ma sœur est partie à l'hôpital pour être avec lui et elle m'a laissé les jumeaux.

Je sens un sourire se dessiner sur mon visage quand je l'imagine avec les deux enfants, à jongler entre les couches, les biberons et visiblement les lits parapluie.

– Je lui ai dit que je gérais, mais en vérité, je ne sais pas m'occuper d'un bébé.

– C'est la première fois que tu les gardes?

– Oui.

– Pourquoi n'as-tu pas appelé ta mère?

– Elle est trop loin et j'ai besoin d'aide maintenant. Est-ce que… tu peux venir ? Je sais que nous ne devions plus nous voir, mais…

Je ne réfléchis pas une seconde. Ma réponse est oui, bien entendu. Même si je sais que c'est une erreur de le revoir, je ne peux clairement pas le laisser dans cette situation.

– Je prends un taxi et j'arrive, dis-je avant de raccrocher.

Bien que je n'y aille pas pour les raisons qui secouent mon cœur depuis que j'ai entendu sa voix, je ne peux me résigner à le revoir sans un rapide passage sous la douche. Deux minutes chrono plus tard, je saute dans un jeans, enfile un pull et cours attraper le premier taxi qui passe.

Quinze minutes plus tard, je frappe à sa porte, les jambes tremblantes, les mains moites et le souffle court. Je ne pensais pas être de retour ici un jour. Quand j'ai quitté son appartement il y a deux semaines, je m'étais promis de ne jamais revenir. J'aurais dû savoir que, moi aussi, je n'aurais pas dû faire des promesses que je ne pouvais tenir…

Ma gorge brûle et j'attends en me tenant au chambranle pour ne pas défaillir. La poignée se tourne quelques secondes plus tard et la porte s'ouvre. Mon cœur cogne fort dans ma poitrine quand je croise son regard azur qui m'avait tant manqué. Il est habillé d'un jeans et d'un tee-shirt blanc, une barbe de quelques jours lui grignote les joues. Il est encore plus sexy que dans mes souvenirs. Christian Grey peut aller se rhabiller.

Matt tient Jacob dans les bras et me sourit en me voyant. Il a l'air épuisé, perdu et terriblement soulagé que je sois là.

– Tu ne peux pas savoir comme tu me sauves la vie, dit-il en m'invitant à entrer.

Je souris et pose mon sac, mon manteau et mes chaussures dans l'entrée, puis le rejoins dans le salon. Je décide de mettre de côté les battements de mon cœur qui résonnent dans ma tête. Je suis là pour les jumeaux.

En entrant dans la grande pièce, je suis stoppée net en constatant que son appartement a retrouvé son allure d'autrefois. Tout est à nouveau froid, impersonnel, vide – si je ne tiens pas compte de la poussette, des affaires de bébé, du lit parapluie à moitié déplié et d'Amy assise par terre. Cette pièce ne ressemble en aucune manière à l'endroit que j'ai quitté en pleine nuit il y a quinze jours. Je ressens un pincement douloureux en réalisant qu'il a repris sa vie normale.

– Oui, je sais, me dit-il en remarquant mon regard hébété.

Comme si ces simples mots, cette constatation suffisaient à résumer notre histoire. Je gonfle ma poitrine d'oxygène.

– Des nouvelles de Jeff? demandé-je en cherchant un sujet de discussion neutre.

– Non, pas encore, me répond-il, visiblement soulagé de ne pas avoir à évoquer l'autre soir. Lisa m'a dit qu'elle m'appellerait dès qu'elle aurait du nouveau.

– Très bien.

Je jette un regard alentour. Je suis sûre que cet appartement n'a jamais connu autant de bazar de toute sa vie.

– Bon, par quoi veux-tu que je commence?

– Est-ce que… Est-ce que tu peux changer Jacob, s'il te plaît?

– Tu n'as jamais changé une couche de ta vie?

– Non, me répond-il. Et toi?

– Moi non plus, mais à ma décharge, je n'ai pas des jumeaux comme neveu et nièce.

Matt me sourit et je récupère Jacob dans ses bras. Ses doigts frôlent les miens et une secousse nous traverse tous les deux. Je relève le regard subitement vers lui et le feu s'empare de mes joues. Je déglutis et détourne la tête, puis pars installer Jacob sur le canapé. Je l'allonge sur un lange pour ne pas qu'il ait froid sur le cuir gelé, puis retire sa couche.

– Peux-tu me passer le sac, s'il te plaît?

Matt s'exécute et je le sens m'observer pendant que je nettoie les fesses de Jacob avant de lui remettre une couche toute propre. Je fouille ensuite dans le sac à la recherche d'un pyjama. Je lui enfile une grenouillère jaune et vert avec une tête de lapin sur le ventre. J'en profite pour lui faire quelques chatouilles. Il rit et mon cœur se gonfle. Je tourne la tête vers Matt et nous restons silencieux plusieurs secondes, nos regards ancrés. Mon rythme cardiaque s'accélère et je me mets à m'imaginer, une fois de plus, ce que pourrait être la vie avec lui.

Puis j'inspire profondément, repose Jacob par terre et attrape Amy pour recommencer l'opération.

– Est-ce qu'ils ont mangé? demandé-je après quelques minutes.

– Non, je ne crois pas, me répond Matt, inquiet.

– OK, alors c'est l'heure du bib', les bébés, dis-je en faisant de grands sourires aux jumeaux, qui ne me lâchent pas du regard.

Je dépose Amy à côté de son frère et me dirige vers la cuisine comme si j'étais chez moi. Je remplis les biberons d'eau que je fais chauffer quelques secondes au micro-ondes, puis je verse plusieurs cuillères de lait avant de les secouer. Matt continue de m'observer en silence. Je n'ose pas croiser son regard, car je sais que je suis encore trop fébrile à ses côtés. Jen avait raison, coucher avec lui est une chose. Mais le revoir ce soir est très compliqué à gérer.

Quand je me retourne vers lui, il me sourit.

– Qu'est-ce qu'il y a? demandé-je, curieuse.

– Tu sembles si à l'aise.

– L'instinct maternel, j'imagine, dis-je en haussant les épaules.

C'est vrai que c'est la première fois que je m'occupe de bébés, mais tout est venu naturellement.

– Il n'y a pas que ça, ajoute-t-il en me regardant tendrement.

L'espace d'un moment, j'en oublie de secouer les biberons. Je suis comme hypnotisée par ses yeux.

– Tu sembles à l'aise avec les bébés, oui, c'est une chose, mais je voulais dire… ici. Dans ma cuisine. Chez moi.

J'avale une grande goulée d'oxygène alors que mon cœur tape de grands coups dans ma poitrine. Je baisse les yeux, soudain très intimidée, presque mal à l'aise.

– De vieux réflexes, dis-je en souriant timidement.

Le temps semble s'être arrêté et je relève les yeux vers Matt. Une lueur que je connais bien traverse son regard et ma bouche s'assèche. C'est alors qu'Amy et Jacob nous sortent de notre torpeur et se mettent à pleurer en apercevant leur lait. Je sursaute et me remets à secouer les biberons énergétiquement avant d'en tendre un à Matt, qui me regarde mi-surpris, mi-paniqué.

– Il ne va pas te manger, dis-je en riant. Et puis, je ne peux pas tenir les deux biberons et les deux bébés en même temps.

Je m'installe sur le canapé et attrape Amy avant de la placer sur mes genoux. Elle ouvre la bouche quand j'approche la tétine de ses lèvres et se met à téter avidement. Je jette un coup d'œil à Matt qui s'applique à faire pareil.

– Le plus important, c'est qu'il n'avale pas d'air, sinon tu peux être sûr qu'il sera ronchon toute la nuit.

Matt me regarde et sourit.

– Merci.

– De rien, dis-je en lui rendant son sourire.

Plusieurs secondes se passent où nous restons silencieux, à observer les jumeaux engloutir leur lait. J'ose de temps en temps regarder Matt absorbé par Jacob et je vois son visage se fendre d'un sourire tendre. Il est tellement beau. Je suis persuadée qu'il ferait un papa formidable. Voilà à quoi pourrait ressembler notre vie. L'image du parfait couple, de la parfaite famille. Mon cœur se serre, et quand Matt pose les yeux sur moi, je baisse la tête. Je ne voudrais pas qu'il puisse voir les larmes s'agglutiner sous mes paupières.

– Tu te rends compte que tu n'as pas fait un geste brusque depuis que tu es arrivée ?

– Ce sont les bébés. Je crois qu'ils m'apaisent.

La petite fille me regarde de ses grands yeux innocents et m'attrape le doigt. Je lui embrasse le front et la prends dans mes bras pour la bercer un moment. Elle sent le bébé et sa peau est douce. Je profite de cet instant qui ne se reproduira sous doute jamais. Puis elle se frotte les yeux, tout comme Jacob.

– Je crois qu'il est l'heure d'aller se coucher, dis-je tout doucement.

Je pose délicatement Amy à côté de Matt, sur le canapé, puis m'attelle à monter le lit parapluie à moitié déplié au milieu du salon.

– Je crois qu'il est cassé, celui-là, me dit Matt.

Je ris doucement et attrape le milieu du lit que je remonte avant de relever les côtés pour qu'ils se clipsent. Puis je rebaisse le fond du lit et les pieds se mettent en place. Dans la minute qui suit, les deux lits sont montés. Matt me regarde, abasourdi.

– J'ai trouvé ! Le secret, c'est de ne pas aplatir le fond avant de relever les côtés, dis-je en riant doucement. Ce n'est pas si sorcier, mais c'est vrai que j'ai toujours eu l'esprit pratique.

– C'est pour ça que tu es architecte, me répond-il avec un clin d'œil.

J'ignore sa remarque, tête baissée, et m'en vais précipitamment installer les affaires pour bébé dans une des chambres. Puis je prends Amy dans mes bras et l'y emmène. Je la glisse dans sa turbulette, lui tends son doudou et l'embrasse. Je me retourne vers Matt, qui m'a suivie dans la chambre avec Jacob. La lampe est éteinte et seule la lumière du salon nous permet de nous apercevoir. Je tends les bras vers le petit garçon qui s'accroche à mon cou, je peine à l'installer dans sa gigoteuse. Matt me regarde de façon intense et mon cœur explose. Cette situation est si étrange et pourtant presque naturelle.

– Bonne nuit, faites de beaux rêves, dis-je aux jumeaux avant de reculer et de fermer la porte.

Je ferme les yeux quelques secondes avant de suivre Matt dans la cuisine. Il sort deux verres à pied qu'il pose sur le bar. Un frisson me traverse l'échine. Il y a à peine quelques jours, j'étais allongée sur ce même bar en train de jouir, sa tête plongée entre mes jambes. D'instinct, mes cuisses se resserrent et une boule chaude se niche au creux de mon ventre.

– Ils sont nouveaux ces verres? lui demandé-je, surprise.

– Oui, j'ai acheté… quelques trucs, m'avoue-t-il en souriant timidement. Un peu de vin, ça te dit?

Je hoche la tête et il verse le liquide bordeaux dans les verres.

– C'est la première fois que je m'en sers, ajoute-t-il en souriant plus largement.

Mon cœur tressaute.

– Et qu'as-tu acheté d'autre? demandé-je, curieuse.

Je le suis jusqu'au canapé, où nous nous installons côte à côte. Son parfum effleure mes narines et affole mes sens, mais j'essaie de rester concentrée.

– Quelques tableaux que je devrais recevoir bientôt et… une table.

– Une table? m'écrié-je, étonnée? Avec des chaises?

– Oui, répond-il en riant ouvertement.

Alors ça, c'est une surprise.

– Je me suis rendu compte que mon appartement était un peu… froid… sans toi.

Mon cœur s'arrête et je déglutis avec peine. Mes paupières se mettent à papillonner de façon intempestive et mon souffle s'accélère.

– Enfin, sans toi et sans les meubles que tu avais apportés, se reprend-il soudain.

– Oui, évidemment, dis-je en avalant une gorgée de vin.

Mes yeux se posent alors sur mon portrait à côté de la télévision et je sursaute. L'émotion me prend à la gorge. Matt se lève rapidement et attrape ma photo.

– Les hommes qui sont venus chercher les meubles l'ont oubliée, me dit-il, gêné, en me la tendant. Mais tu peux la récupérer, bien entendu.

– Euh… oui. Bien sûr, merci.

Évidemment…

Je me sens vraiment stupide et idiote d'avoir ne serait-ce qu'imaginé qu'il ait pu garder ma photo en souvenir. C'est tellement ridicule que je laisse échapper un petit rire.

– Qu'est-ce qui te fait rire ?

– Non, rien.

Il se rassied et mon téléphone se met à vibrer. Je découvre en souriant un message de Jen et je lui réponds avant d'éteindre mon portable.

– Qui était-ce ?

Je relève la tête vers Matt, étonnée de sa curiosité.

– Un inconnu croisé dans la rue qui te propose de passer Pâques avec lui ? poursuit-il.

Je ris et nous nous détendons.

– Non, tu conserves l'exclusivité pour ça.

Un large sourire étire ses lèvres qu'il porte de nouveau à son verre.

– C'était Jen, avoué-je. Elle vient de décrocher le rôle de la nouvelle petite amie du personnage principal dans la série *Chicago Fire*. Ils font une soirée et elle me proposait de la rejoindre là-bas.

– Tu peux y aller, si tu veux, me lance-t-il rapidement. Maintenant que les jumeaux sont endormis…

– Et s'ils se réveillaient? demandé-je, le cœur hésitant.

Matt baisse la tête en souriant, gêné.

– De toute façon, je ne pourrai pas faire la fête tant que je ne saurai pas si Jeff va bien, dis-je pour clore le débat.

Et franchement, je suis mille fois mieux ici qu'à une soirée.

– Jen a un copain?

– Oui.

– Je ne sais pas comment il fait pour supporter que sa copine embrasse un autre mec.

Tiens, une nouvelle facette de sa personnalité. Matt est un homme jaloux.

– Il lui fait confiance, j'imagine. Et puis, c'est son métier, ce n'est pas comme si elle l'embrassait pour de vrai.

– Je ne sais pas… Je crois que je ne pourrais pas.

Mon cœur se serre.

– Qu'est-ce que tu ne pourrais pas supporter? Que ta copine soit comédienne ou qu'elle joue la petite amie d'un autre? demandé-je en retenant ma respiration.

Matt réfléchit et le temps me paraît une éternité pendant laquelle l'air peine à pénétrer mes poumons.

– Les deux, dit-il enfin.

J'ai l'impression de recevoir un uppercut en plein estomac. Mes doutes se confirment donc. Si j'avais annoncé à Matt, la première fois que nous nous sommes rencontrés, que j'étais comédienne, il est certain que je ne serais pas ici en ce moment. Je serre la mâchoire et bois une nouvelle gorgée de vin.

– Que reproches-tu aux comédiennes ? m'enquiers-je.

Il hausse les épaules, cherchant une réponse adéquate.

– Je crois que je ne pourrais pas faire confiance à une fille qui joue un rôle.

24

Matt

April me regarde étrangement en levant un sourcil. Elle semble soudain blessée et en colère. Je saisis alors ce que je viens de dire.

Mais quel con !

– Non, ce n'est pas ce que j'ai voulu dire. Oh, merde, excuse-moi. Cette remarque ne t'était absolument pas destinée.

Je n'arrive pas à croire que j'aie commis une telle gaffe.

– Peut-être, mais le fait est là, dit-elle amèrement.

Son regard est froid et mon cœur se serre.

– Tu crois sincèrement que si je ne te faisais pas confiance, je t'aurais appelée pour m'aider avec les jumeaux? ajouté-je pour la rassurer.

April me regarde et son visage se détend un peu.

– Toi, ce n'est pas pareil, avoué-je en la regardant droit dans les yeux.

– Pourquoi? me demande-t-elle, curieuse.

– Parce que…

Mon cœur s'emballe et j'avale une nouvelle gorgée de vin.

– Parce que… avec ce qu'il s'est passé entre nous…

Ses joues se teintent de rouge subitement et je vois sa poitrine se soulever brusquement. Elle plonge son nez dans son verre pour cacher son embarras.

– Enfin, en ce qui me concerne, je ne jouais pas, lâché-je enfin.

Depuis qu'elle est arrivée tout à l'heure, mon cœur n'a cessé de battre plus fort, plus vite. J'ai eu l'impression de respirer à nouveau, comme si j'avais été privé d'oxygène pendant de longs jours. Je sais que je ne peux pas lui offrir ce qu'elle veut. Mais j'ai cette fille dans la peau et je ne sais pas comment m'en sortir.

Son regard se voile et un trouble le traverse. Ses jolies petites mains se mettent à trembler et elle repose son verre vide sur la table basse avant de les bloquer sous ses cuisses.

– Je ne jouais pas non plus, dit-elle timidement.

J'ai bien conscience qu'elle n'attend qu'une chose, mais la peur me tiraille le ventre et m'immobilise.

– April… commencé-je.

– Je sais, me coupe-t-elle en levant une main.

Sa mâchoire est serrée et ses yeux s'embrument. Je m'en veux tellement de la faire souffrir.

– De toute façon, je ne suis pas là pour ça, conclut-elle.

Je déglutis difficilement. Elle est bien plus raisonnable que moi et je l'admire beaucoup.

J'attrape la bouteille de vin.

– Je te ressers ?

– Oui, merci.

Elle remonte les genoux sur le canapé et m'observe avec attention.

– Que s'est-il passé avec ton ex ? me demande-t-elle soudain.

Je suis soufflé qu'elle évoque Sophie. Instinctivement, mes barrières se referment.

– Qui t'a parlé de Sophie ? dis-je d'une voix sèche.

– Ta mère et ta sœur, précise-t-elle sans sourciller. Elles pensaient que, comme nous étions ensemble depuis un an, j'étais au courant.

Je secoue la tête et ferme les yeux. Que c'est douloureux d'y repenser !

– Matt ?

Je relève la tête vers April et plonge mes yeux dans son regard tendre et doux. Mon cœur se regonfle un peu.

– Est-ce que c'est pour ça que tu refuses d'aimer à nouveau ?

Je ris doucement. Je n'ai jamais parlé de Sophie à qui que ce soit. Les seuls qui connaissent l'histoire sont mes parents, Lisa et Jeff. Mais je crois qu'il est temps que je me lance. Je n'arriverai jamais à avancer si je n'exorcise pas cette histoire.

– J'avais 22 ans quand je l'ai rencontrée, dis-je après avoir pris une profonde inspiration.

Je regarde le vin rouge dans mon verre et les souvenirs refont surface.

– J'ai eu le coup de foudre pour elle. J'étais jeune et je croyais dur comme fer au grand amour, à celui d'une vie. J'avais bien connu d'autres femmes avant elle, à Londres notamment, dis-je en relevant la tête vers April.

Elle m'écoute attentivement et me sourit. Je me sens bien quand elle est à mes côtés.

– Elle était belle. Une grande brune aux yeux noirs. Notre histoire est allée très vite. Nous avons emménagé ensemble après quelques mois. Je venais d'intégrer la Bourse de Chicago, et Sophie, un grand groupe financier. Nous étions dans la même branche et ça nous a encore plus rapprochés. Mes parents l'adoraient. Lisa un peu moins, mais ça, je viens de l'apprendre, dis-je en riant doucement.

Je bois une nouvelle gorgée et inspire à nouveau profondément. Je ferme les yeux quelques secondes, souhaitant effacer ces douloureux souvenirs de ma mémoire.

– Un jour, alors que nous étions ensemble depuis un peu plus de deux ans, elle m'a annoncé qu'elle était enceinte, dis-je en souriant. J'étais fou de joie. Je voulais des enfants depuis longtemps et elle allait m'offrir ce dont je rêvais le plus. Je voyais déjà notre avenir. Le jour de la Saint-Valentin, je l'ai demandée en mariage. Tout était absolument parfait. Moi, le genou à terre, elle en larmes, les pétales de roses éparpillés autour de nous.

Je reprends mon souffle, sans oser la regarder. Je sais que m'entendre lui dire à quel point j'ai été amoureux d'une autre alors que je suis incapable de l'aimer, elle, est une chose horrible.

– Mes parents ont accueilli les deux nouvelles dans une joie immense. Ils se sont mis en tête que leur petit-fils, car elle attendait un garçon, devait pouvoir respirer un air pur quand il viendrait en vacances chez eux. Ils étaient en retraite et ont vendu l'appartement en plein cœur de Chicago. Celui dans lequel j'ai grandi. Ils ont fait construire la maison que tu connais.

Je relève la tête vers elle. Son regard est troublé et elle continue de m'écouter avec attention. Elle ne cherche pas à m'interrompre ou à me poser des questions. Elle m'écoute, tout simplement.

– Un jour, j'ai quitté le boulot un peu plus tôt. Je voulais lui faire la surprise de rentrer passer l'après-midi avec elle. Elle était enceinte de huit mois et très fatiguée. Il restait encore des choses à préparer pour l'arrivée du bébé.

Je prends une nouvelle inspiration douloureuse.

– Je suis donc rentré chez nous et… je l'ai découverte avec un autre homme. Il était en train de lui faire l'amour dans notre lit, la main posée sur son ventre, dis-je en serrant les dents.

Les larmes me nouent la gorge quand je repense à cette vision.

– Je suis devenu fou. On s'est engueulés et elle m'a alors avoué qu'elle me trompait depuis plusieurs mois. Je n'ai pas assimilé tout de suite ce qu'elle voulait me dire. Mais quand elle a posé sa main sur son ventre en pleurant, j'ai compris.

Mes poings se serrent et mes phalanges blanchissent. Je ferme les yeux et je perçois un mouvement sur ma gauche. April se rapproche de moi et pose ses mains sur mes poings serrés. Mon cœur se contracte.

– Le bébé qu'elle attendait n'était pas le mien.

Je relève la tête pour ancrer mon regard dans celui d'April. Ses yeux sont voilés et humides, elle souffre pour moi. Je ravale mes larmes.

– Je n'étais pas le père du bébé que j'aimais depuis plusieurs mois. Elle m'a dit qu'elle était amoureuse de son amant, mais qu'elle ne savait pas comment me l'avouer. J'étais dévasté. On s'est quittés le soir même et je ne l'ai plus jamais revue. Ma mère a pleuré pendant des jours.

Une larme coule sur la joue d'April, qu'elle essuie rapidement.

– La suite, tu la connais. J'ai renié à jamais l'amour, refusant de me laisser entraîner à nouveau vers ce sentiment. Je ne sais plus faire confiance. Je n'arrive plus à croire en quelque chose de vrai. Ça fait cinq ans que je suis seul, et même si ce n'est pas tous les jours facile, cette peine n'est pas comparable.

April me lâche les mains et se redresse. Elle semble assommée par ce que je viens de lui révéler.

– Je comprends, me dit-elle. Même si je suis triste que tu en aies le cœur brisé au point de ne plus vouloir l'ouvrir, je comprends.

Nous nous regardons un long moment. April est une femme exceptionnelle, il serait si facile de tomber amoureux d'elle. Mais je sais que je n'en suis pas capable et je ne veux pas la faire souffrir.

Soudain, mon téléphone se met à sonner et nous sursautons tous les deux. Je décroche en voyant s'afficher le nom de ma sœur. April me prend la main naturellement et un frisson me traverse.

– Allô, dis-je avec inquiétude.

– Matt, c'est moi. Tout va bien. Jeff va bien, m'annonce Lisa sans attendre.

Je pousse un profond soupir de soulagement et regarde April, qui sourit.

– On a tous cru à une crise cardiaque, mais c'était uniquement une chute de tension mêlée à un gros stress dû à son boulot.

– Je suis content d'apprendre que ce n'est rien de plus.

– Et moi donc ! Comment vont les jumeaux ?

– Très bien. Ils dorment.

– Parfait. Je te remercie. Je reste avec Jeff cette nuit et je passe les récupérer demain à la première heure, si ça ne te dérange pas.

– Non, c'est bon. À demain. Embrasse-le pour moi.

Puis je raccroche et rassure April.

– Pff, quelle histoire ! dit-elle en souriant.

– Oui, réponds-je alors que mon regard se braque sur sa main posée sur la mienne.

Un courant électrique me traverse et une bouffée de chaleur m'envahit. Est-ce la pression qui retombe ? Le fait d'avoir évacué mon passé ? Ou tout simplement la présence d'April ? Mon rythme cardiaque s'emballe alors que je relève les yeux vers elle. Sa poitrine se soulève rapidement et une lueur de désir traverse ses yeux. Elle entrouvre la bouche pour respirer plus profondément. Je suis comme hypnotisé par ses lèvres pulpeuses. Ma queue tressaute dans mon jeans. Soudain, poussé par une pulsion trop forte pour pouvoir y résister, j'attrape April par la taille et la ramène vers moi. Nos bouches se retrouvent. Mon corps s'embrase instantanément. J'attrape ses hanches et elle se soulève pour venir s'asseoir sur moi à califourchon. Elle passe ses mains dans mes cheveux, animée d'une férocité sans limites. Nos langues s'entremêlent, se caressent et mon membre durcit.

Je la repousse légèrement, à bout de souffle. Submergés par une foule d'émotions, nous perdons pied, mais je ne voudrais pas qu'elle se fasse de fausses idées.

– April… commencé-je.

Son regard est ardent, fiévreux, et ses joues sont rosies par l'excitation.

– C'est ce soir, rien de plus, me répond-elle en reprenant possession de ma bouche.

Elle me mordille la lèvre avant de descendre dans mon cou et de m'embrasser sous l'oreille. Elle me suçote le lobe, m'arrachant un grondement sourd. Elle est sauvage et j'aime ça. Mon sexe se retrouve rapidement à l'étroit dans mon pantalon. À voir le sourire se dessiner sur les lèvres d'April, je crois qu'elle s'en est aperçue. Elle se redresse et fait passer son pull par-dessus sa tête. Je fais de même avec mon tee-shirt. Sa poitrine est englobée dans un soutien-gorge bleu roi en dentelle. Elle va me rendre fou. Je l'agrippe et le dégrafe rapidement. Ses seins se dressent face à moi et je pose ma bouche sur l'un d'entre eux pour l'embrasser, puis fais rouler son téton avec ma langue. Ma main se pose sur l'autre. Mes doigts viennent pincer son mamelon. April se cambre en gémissant et ondule sur mes cuisses, frottant un peu plus à chaque fois son bassin contre mon érection en feu.

Puis elle se détache de moi et s'accroupit entre mes cuisses. Je la regarde déboutonner mon jeans avec envie. Elle relève les yeux vers moi et mon cœur s'accélère. Elle extirpe ma queue de mon boxer en faisant descendre mes fringues sur mes chevilles, puis la prend dans sa bouche. Un frisson se répand dans mon bas-ventre. Je penche ma tête en arrière en exultant. Sa langue s'enroule autour de mon gland avec gourmandise et précision. Ses joues se creusent et ses pupilles se dilatent. Sa main vient caresser mes bourses alors que je sens une vague de chaleur monter en moi. Je dégage les cheveux de son visage. Je veux la voir faire. Elle est si belle.

– Putain que c'est bon, April ! grondé-je en la voyant me sucer avec avidité.

Je ne suis pas loin de l'orgasme, mais je ne veux pas venir dans sa bouche. Si les femmes ont la chance de pouvoir jouir plusieurs fois d'affilée, ce n'est pas notre cas, et je ne veux pas gâcher ce moment en éjaculant trop vite.

J'attrape son visage entre mes mains et la force à se redresser. Je l'embrasse passionnément avant de l'allonger sur le canapé. Elle frissonne en rencontrant la froideur du cuir, mais son corps est toujours aussi bouillant. Ma langue se mêle une nouvelle fois à la sienne et ma bouche descend sur ses seins que je lèche l'un après l'autre. Elle se cambre, s'offrant un peu plus à moi. J'ai envie d'elle, de la faire jouir, de voir ses yeux se révulser sous mes caresses, de sentir son corps se contracter.

Je détache son pantalon que je fais glisser sur ses jambes, puis je place ma main sur son intimité. Elle est trempée et mes doigts glissent sur elle alors qu'un petit cri s'échappe de sa gorge. Elle regarde, affolée, vers la chambre où dorment paisiblement les jumeaux, puis attrape un coussin qu'elle plaque sur sa bouche. Ses yeux s'agrandissent quand j'introduis un doigt, puis deux en elle. Elle est si excitée. Le sang pulse dans mon gland, prêt à entrer en elle, mais c'est encore trop tôt. Je trouve son point sensible, à peine à deux centimètres après l'entrée de son vagin. Elle se cabre dès que mes doigts entrent en action. Je la masse de l'intérieur, appuyant un peu plus fort à chaque fois en direction de son ventre. Elle se tend, prête à jouir, mais je retire mes doigts sous un grognement de protestation. Je remonte ses genoux et m'allonge entre ses cuisses. Ma langue vient la goûter, et son goût me transporte. Je lèche et aspire ses lèvres et son clitoris gonflé. Elle gémit et son corps se met à trembler doucement, puis par à-coups. Elle n'est pas loin de l'orgasme et je veux la sentir pulser contre ma bouche. Ma langue vient titiller son bouton sensible. April s'arque brusquement, ses cuisses se resserrent contre ma tête. Une de ses mains vient se poser sur mon crâne, me maintenant en position, alors que la deuxième retient le coussin sur sa bouche. Soudain, ses muscles se contractent et elle étouffe un cri lancinant alors que son corps tout entier est pris de convulsions délicieuses.

Je me lève précipitamment et file dans ma chambre récupérer une capote que j'enfile avant de revenir dans le salon. Elle est toujours allongée, tremblante, le regard voilé. Le coussin ne recouvre plus sa bouche et elle se mord les lèvres pour savourer les derniers instants de plaisir. Je me mets à genoux sur le canapé et l'attire vers moi pour la pénétrer. Un de ses pieds par terre, l'autre sur mon épaule, je m'enfonce en elle jusqu'à la garde. Sa chaleur m'enveloppe et je ne peux retenir un grognement animal. Je la pénètre plusieurs fois avant de l'attraper par les hanches et de m'asseoir sur le canapé en la positionnant sur moi. Elle s'assied à califourchon sur ma verge palpitante et j'attrape ses seins qui dansent devant mes yeux. Je les lèche à nouveau, les mords et April accélère la cadence en se rasseyant de plus en plus vite et de plus en plus fort sur moi. Une délicieuse sensation de brûlure me déchire les entrailles. Les mains sur mes épaules, elle ancre son regard dans le mien et mon cœur explose. Mes barrières sont en train de tomber les unes après les autres. Ces cinq dernières années, c'est la première fois que je couche deux fois de suite avec la même femme et je ne pensais pas que ce serait aussi bon. Je me noie dans son regard émeraude et me laisse emporter par l'orgasme alors que ses chairs se contractent contre ma verge enfouie en elle. Nos têtes sont rejetées en arrière et nous exultons en même temps. C'est si puissant, si intense. J'attrape son visage et l'embrasse tendrement, amoureusement.

J'ai cette fille dans la peau, je ne peux plus le nier.

25

Matt

En me réveillant ce matin, j'ai la douloureuse surprise de ne trouver personne à côté de moi dans le lit. J'ai passé une nuit extraordinaire, à faire et à refaire l'amour avec April, incapable de m'arrêter de la toucher, de l'embrasser, de la caresser.

Mais au lieu de la trouver allongée sur l'oreiller, je ne vois qu'un mot. Mon cœur se contracte et mes doigts tremblent quand je déplie le morceau de papier.

Je ne voulais pas prendre le risque
que ta sœur me trouve chez toi ce matin.
Elle n'aurait pas compris, et à juste titre.
Je comprends tes peurs et je les respecte,
mais il faut que je pense aux miennes.
Je sais que tu les respecteras.
Je te souhaite de pouvoir un jour abattre

tes barrières pour être enfin pleinement heureux.
Je t'embrasse une dernière fois.
April

J'ai envie de crier, mais aucun son ne sort de ma bouche. J'attrape mon téléphone. Je retrouve son contact tout en relisant son mot, puis je m'arrête avant d'appuyer sur la touche « Appeler ».

Elle me demande de respecter ses peurs à elle et je m'en veux. J'ai bien compris à sa façon de m'embrasser, de me regarder, qu'elle n'éprouvait pas que du désir pour moi. Elle a développé des sentiments, les mêmes qui m'effraient tant. Elle attend d'être aimée pleinement, sincèrement, entièrement. Est-ce que j'en suis encore capable ? Hier, je l'ai cru, mais aujourd'hui, je n'en suis plus sûr. C'est pour cela que je ne peux pas prendre le risque…

Je repose le téléphone et me passe les mains sur le visage. Je ne peux pas la recontacter. Ça la ferait souffrir. Une fois encore, elle a été la plus forte de nous deux. Elle a su prendre la décision qui s'imposait, celle que je n'ai pas eu la force de prendre.

Il faut que je l'oublie. Je n'ai pas le choix. Mais cette fois, ce n'est pas pour moi, c'est pour elle qu'il faut que je le fasse.

26

April
Deux semaines plus tard

– Bon, tu es sûre? me demande Jen en me prenant par les épaules.

– Sûre et certaine. Ce retour aux sources me fera le plus grand bien.

– Je le pense aussi. Toute cette histoire avec Matt t'a dépassée.

Je hoche la tête en serrant les dents. J'ai passé deux semaines à pleurer dans ma chambre, comprenant que j'étais définitivement et éperdument amoureuse d'un homme qui ne pourrait jamais m'aimer. Bien sûr, son comportement est compréhensible. Il a vécu des choses horribles, j'en ai eu le cœur brisé quand il me les a racontées. Moi-même, je ne sais pas si j'aurais été capable de faire face à ça. Être trompé est une chose, mais mentir à quelqu'un sur sa paternité est impardonnable. Je déteste cette Sophie qui lui a causé tant de peine et de dommages visiblement irréparables. Mais Matt et moi n'avons aucun avenir ensemble. Trop de choses nous séparent. Nos métiers, mon mensonge, nos peurs respectives.

Une petite partie de mon cœur, celle qui battra toujours pour lui, voulait y croire. J'ai espéré que mon mot lui ferait une sorte d'électrochoc et qu'il se rendrait finalement compte que, de son côté, il était amoureux de moi, qu'il était prêt à tout recommencer et à faire confiance. Qu'il était prêt à aimer à nouveau et surtout à m'aimer moi. J'ai attendu près de mon téléphone des heures entières, en vain. J'ai d'abord cru à un problème de réseau, mais au bout d'un moment, je me suis fait une raison. Matt ne m'appellerait pas, car il ne m'aimait pas et ne m'aimerait jamais. À quoi bon continuer d'espérer?

C'est alors que j'ai compris que la meilleure chose à faire, pour moi, était de partir. Entre ça, le déménagement de Jen et mon avenir professionnel qui ne semblait pas enclin à décoller, c'est devenu ma seule véritable option. J'ai fini par acheter un billet d'avion pour Londres il y a deux jours.

J'ai prévenu Gertrude, notre agent, qui m'a promis de continuer de me chercher des rôles le jour où je me déciderais à revenir. Je n'ai pas eu le cœur de la contredire. Puis ce fut au tour de Gustave. Il m'a vraiment fait de la peine et j'ai compris que c'est le seul homme qui m'aura vraiment aimée ces dernières années.

Quel triste constat!

Pour Jen, ce n'était pas une surprise. Nous en avions déjà parlé et elle a compris tout de suite mes raisons.

J'ai longtemps hésité à envoyer un message à Matt pour l'informer, mais à quoi bon. S'il avait voulu faire un pas vers moi, il l'aurait déjà fait. Je n'ai pas eu envie de passer pour la groupie qui s'accroche. Notre histoire était brève mais belle, et je ne l'oublierai jamais.

– Si tu décides de revenir, il y aura toujours une chambre pour toi chez nous, m'informe Jen en souriant.

– Je te remercie.

Je ne sais pas quand je la reverrai. Je n'ai jamais été séparée d'elle, mon cœur saigne à cette idée. Je la prends dans mes bras et la serre contre moi. Que c'est difficile de partir!

Mon regard se perd en direction du hall d'entrée. J'espère secrètement que Matt apparaîtra et me demandera de rester avec lui. Il aura peut-être eu vent, par je ne sais quel biais, de mon départ et se sera enfin décidé à prendre des risques. Un sourire triste se dessine sur mes lèvres.

Arrête de rêver, ma vieille. Matt est déjà passé à autre chose.

Puis une voix au micro invite les voyageurs à destination de Londres à embarquer. Je serre une nouvelle fois Jen dans mes bras et me dirige, le cœur lourd, vers la salle d'embarquement. Un dernier signe de la main à mon amie et elle disparaît de mon champ de vision.

Je m'autorise alors, seulement maintenant, à craquer. Je m'effondre sur un siège et sanglote en silence. Je ne voulais pas qu'elle me voie comme ça. Il s'en serait fallu de peu pour que je reste à Chicago, même si je sais que mon avenir n'est finalement pas ici.

J'ignore si je remettrai un jour les pieds aux États-Unis. J'ignore si je resterai à Londres. Je ne sais absolument rien de ce qui m'attend. Je suis dans le flou le plus total. La seule chose que je sais, c'est qu'il faut que je m'éloigne pour pouvoir aller mieux. J'aime Matt, et si je reste à Chicago, rien de bon ne sortira de cette histoire.

Alors, je ne sais pas ce que mon avenir me réserve, mais j'espère qu'il sera plus joyeux que mon passé.

27

Matt

Ça fait deux semaines que j'ai découvert le mot laissé par April. Son départ précipité m'a confirmé que je n'étais pas prêt. C'était la meilleure chose qu'elle puisse faire. Il m'aura fallu quelques jours, mais j'ai fini par le comprendre. Elle parle de ses peurs dans sa lettre, et même si elle ne les a jamais évoquées ouvertement, je sais qu'elle a peur d'aimer sans l'être en retour. Quand on a fait l'amour cette nuit-là, c'était si intense, si fort… Mais si pour elle c'était « plus », pour moi c'était uniquement un désir ardent dont je me suis libéré en couchant avec elle.

À plusieurs reprises…

Je vais d'ailleurs beaucoup mieux depuis que j'ai pu assouvir cette pulsion qui me rongeait l'esprit. Je peux maintenant oublier cette histoire et avancer comme je l'entends, sans penser au lendemain.

Je me suis replongé à fond dans mon travail. Je termine tard, plus qu'avant, j'ai même accepté un séminaire à New York. C'est d'ailleurs là que je suis ce soir. Loin, très loin de chez moi, et j'ai l'impression de respirer à nouveau. Chicago m'oppressait ces derniers temps.

– Un whisky, s'il vous plaît, commandé-je au bar de l'hôtel.

Le barman, en tenue de pingouin, fait glisser un verre sur le marbre devant moi et verse un liquide ambré sur des glaçons. Je les fais tourner avant d'avaler une grande gorgée de cet alcool âcre.

La salle est grande et un pianiste joue, dans un coin, un blues lancinant. Je ferme les yeux en me laissant porter par la musique. À cet instant précis, mon esprit ne divague pas, je me sens bien. Je ne descends jamais dans des hôtels bas de gamme et j'apprécie l'ambiance de celui-là.

Quelle journée ! J'ai assisté à plusieurs séminaires d'affilée et je suis rincé. Je ferais mieux d'aller me coucher, mais je sais que je ne trouverai pas le sommeil facilement. J'ai des insomnies depuis quelque temps. Peut-être dues au café que je bois sans discontinuer. Quoi qu'il en soit, je compte bien rester là jusqu'à la fermeture, ce whisky n'est que le premier de la soirée.

Soudain, une femme se matérialise à côté de moi. Elle est élancée, des cheveux auburn mi-longs et elle porte une robe courte noire au décolleté plongeant, laissant peu de place à l'imagination. Je parcours le reste de son corps du regard. Elle a l'allure et l'attitude de la femme fatale, sûre d'elle et qui sait ce qu'elle veut. J'aime ce genre de femme, qui ne perd pas son temps en badinage. Exactement ce dont j'ai besoin ce soir. Elle lève l'index en direction du barman, qui arrive, le sourire aux lèvres.

Aucune chance, mec. Ce soir, c'est moi qui conclus !

– Un cosmopolitan, s'il vous plaît.

– Tout de suite, madame, lui répond-il en lorgnant sa poitrine qu'elle prend soin de gonfler.

Le barman fait volte-face pour préparer le cocktail et elle tourne la tête vers moi. Ses grands yeux noisette pétillent et sa bouche gourmande s'étend dans un sourire charmeur.

– Bonsoir. Ce tabouret est disponible ? dit-elle d'une voix chaude et suave.

– Oui, bien sûr, réponds-je en souriant.

Sans la quitter des yeux, j'avale cul sec le reste de mon whisky et en recommande un au barman, qui vient de poser le cosmo devant l'inconnue. Il attrape la bouteille et m'en verse une bonne rasade avant de s'éclipser. Je crois qu'il a compris qu'il n'avait aucune chance.

– Vous étiez au séminaire de cet après-midi, n'est-ce pas ? me demande-t-elle.

Je hoche la tête, silencieusement, mon verre dans la main. Elle est vraiment séduisante et la façon dont elle bouge ses cheveux laisse peu de doute sur ses intentions. Je me passe la langue sur les lèvres. Cela fait longtemps que je n'ai pas baisé pour baiser et c'est ce pour quoi je suis le meilleur.

– Longue journée, n'est-ce pas, dis-je posément.

– Oh, j'ai cru que ma tête allait exploser, convient-elle en riant. D'où venez-vous ?

– De Chicago. Et vous ?

– Seattle, me répond-elle en élargissant son sourire.

Ce détail attire mon attention et ma queue commence à frétiller. Seattle est loin, très loin de Chicago, et c'est une excellente chose. Un coup d'un soir, c'est exactement ce dont j'ai besoin. Me perdre dans le corps d'une femme sans penser aux conséquences, sans angoisse, sans attente.

J'entame alors la conversation et elle semble plutôt réceptive à mon approche. Je fais semblant de m'intéresser à elle et j'apprends d'une oreille distraite qu'elle est gestionnaire de portefeuille, mais projette de devenir trader dans les mois à venir. Elle a de l'ambition, j'aime ça. Mais ce qui m'intéresse là, tout de suite, ce sont ses seins qui menacent de sortir de son décolleté à chaque fois qu'elle rit, ce sont ses cuisses qu'elle croise et décroise allègrement en prenant soin de me frôler la jambe à chaque fois, et cette bouche que je verrais bien autour de mon sexe.

Les heures s'égrènent et nous recommandons deux tournées. J'en suis à mon quatrième whisky et je commence à être vraiment détendu. À plusieurs reprises, elle pose sa main parfaitement manucurée sur ma cuisse et me lance des regards suggestifs. Ma queue se tend dans mon pantalon et je ne pense qu'à une chose : la sauter.

– Je crois que le barman aimerait aller se coucher. Je vous raccompagne à votre chambre et peut-être que nous pourrions boire un dernier verre… Qu'en dites-vous ? lui proposé-je alors que le barman commence à éteindre les lumières.

– Avec plaisir, répond-elle en se levant.

Je dépose un billet sur le bar et la suis jusqu'à sa chambre, au troisième étage. Je suis excité et l'état alcoolisé dans lequel je suis me galvanise et me désinhibe. À peine a-t-elle refermé la porte derrière elle que je la plaque contre le mur. Elle gémit et m'embrasse à pleine bouche. Mon membre tressaille quand je sens sa poitrine se gonfler contre mon torse. J'attrape ses poignets que je remonte au-dessus de sa tête et ma langue part à la rencontre de la sienne.

Je ferme les yeux et aussitôt le visage d'April m'apparaît. Je la revois, ses grands yeux verts, ses petites mains qui tremblent, son sourire ravageur.

Putain, c'est pas vrai !

Mon cœur se met à tambouriner plus vite, ma tête tourne et l'alcool dans mon sang me brûle.

Concentre-toi, putain !

Je force mon esprit à rester concentré sur ce que je suis en train de faire. Il faut que j'oublie April. Elle est partie et elle a eu raison. Je ne suis plus capable d'aimer. Je ne peux faire qu'une seule chose : baiser cette femme et oublier la dernière que j'ai fait jouir, la seule que j'ai allongée dans mon lit, la seule qui a partagé mon intimité, la seule qui me fait rire, qui me fait perdre la tête. La seule que j'aime.

Putain !

J'ouvre les yeux brusquement et m'écarte de la jeune femme dont je ne connais même pas le nom. Je la regarde et comprends l'erreur que je suis en train de faire.

– Que se passe-t-il ? me demande-t-elle, la bouche gonflée et le souffle court.

– Je suis désolé. Je ne peux pas.

– Quoi ? Tu as l'air plutôt bien partant pourtant, dit-elle en posant sa main sur ma braguette.

Je recule aussitôt d'un pas comme si je venais d'être brûlé.

– Arrête, dit-elle en souriant. Je t'ai vu reluquer ma poitrine toute la soirée. Je ne sais pas qui tu es et je m'en fous. Une folle nuit de sexe sans lendemain me convient tout à fait, t'inquiète. Pourquoi m'avoir raccompagnée dans ma chambre si ce n'est pas pour ça ?

– Désolé, je pensais que c'était ce que je voulais. En toute franchise, tu es très attirante, mais je bande uniquement parce que je pense à une autre.

– Tu te fous de moi ? s'écrie-t-elle, outrée.

Oui, je sais, je ne suis pas très diplomate…

– Je suis désolé, dis-je en me passant la main sur la nuque.

– Et c'est seulement maintenant que tu te rends compte qu'il y a une autre femme?

J'éclate soudain de rire. Un poids énorme s'envole de mon cœur. Je me sens libre, heureux et soulagé d'avoir enfin compris que celle que j'aime est April. Je l'aime et il m'aura fallu la bouche d'une autre pour me rendre compte que celle que je veux embrasser pour le restant de mes jours est la sienne! Je ne comprends pas pourquoi je me suis menti à moi-même aussi longtemps, mais je n'ai plus peur d'aimer. J'ai juste peur d'avoir mis trop de temps pour m'en apercevoir.

– Oui, admets-je en souriant. Excuse-moi, il... il faut que j'y aille.

Je sors de sa chambre, le sourire aux lèvres. Il faut que je rentre à Chicago, et rapidement. Je ne peux pas attendre la fin du séminaire. Je regagne ma chambre, fourre toutes mes affaires en vrac dans un grand sac. C'est le milieu de la nuit, mais je m'en fous. Il doit bien y avoir un avion pour Chicago. Je hèle un taxi une fois sur le trottoir et prends le chemin de l'aéroport. Je dois rentrer. Mon rythme cardiaque s'accélère et je suis heureux, car je sais que je vais retrouver la femme que j'aime, celle que j'attendais pour guérir mes blessures. April, j'aurai mis le temps, mais me voilà!

***

Il est huit heures quand le taxi se gare devant son immeuble. Je suis arrivé directement de l'aéroport sans repasser par chez moi. Je ne veux pas perdre une minute de plus sans elle, sans la serrer dans mes bras, sans l'embrasser, sans lui faire l'amour. Je déboule en trombe dans le hall de l'immeuble et prends soudain conscience que je ne connais même pas son nom de famille ni le numéro de son appartement. Je ne vais quand même pas tambouriner à toutes les portes.

À ce moment-là, un chat court jusqu'à moi et se frotte contre mes jambes en ronronnant. Ça doit être Popol. Je ris en me remémorant l'explication d'April à propos de la rose dans son sac.

Popol, sérieusement !

Je me sens léger, euphorique. J'ai envie de mordre la vie à pleines dents. Je me sens vivant et ça ne m'était pas arrivé depuis très longtemps.

En entendant mon éclat de rire, un homme à moitié nu sort de la loge. Je comprends d'un coup d'œil qu'il s'agit de Gustave. Je ne sais pas s'il vient de se réveiller, mais son visage est renfrogné.

– Bonjour, je peux vous aider, dit-il d'une voix morose.

– Oui. Je cherche l'appartement d'April et de Jen. Pourriez-vous m'aider, s'il vous plaît ?

Mon cœur tambourine dans ma poitrine. Dans quelques secondes, je serai devant elle et je pourrai enfin lui dire que je l'aime.

– C'est le numéro six au premier étage.

– Merci, réponds-je en m'élançant dans l'escalier.

– Mais elles ne sont plus là, ajoute-t-il.

Mon souffle se coupe et je m'arrête net. J'ai dû mal comprendre.

– Je vous demande pardon? Comment ça, elles ne sont plus là? Vous voulez sans doute dire qu'elles sont sorties?

– Non. Je veux dire qu'elles n'habitent plus ici.

Quoi?!!

– Mlle Jennifer est partie vivre avec son amoureux.

– Et April? demandé-je, anxieux.

– Mlle April est... commence-t-il sans vouloir finir sa phrase.

J'ai envie de le secouer pour qu'il me dise enfin où elle se trouve, mais je sens en mon for intérieur que sa réponse ne va pas me plaire.

– Où est-elle? m'écrié-je en perdant patience.

– Elle est rentrée en Angleterre hier.

Le monde s'arrête de tourner. Non, c'est impossible. Il doit se tromper. Mon sac glisse de mon épaule et tombe lourdement à mes pieds. Une boule se forme dans ma gorge. April est partie? De l'autre côté de l'Atlantique?

– Vous... vous êtes sûr? bégayé-je.

– Oh, oui, dit-il d'un air désolé. Leur départ m'a brisé le cœur.

Je ne peux pas croire qu'April soit partie. Pas hier! Quand je pense que si j'avais compris un jour plus tôt que je l'aimais, elle serait dans mes bras en ce moment!

Putain, mais quel con !

Je pousse un cri de rage et Popol sursaute. Gustave me regarde comme si j'étais un fou furieux. J'ai envie de crier, de tout casser.

– Vous effrayez Popol, me dit le gardien.

Je le foudroie du regard. Il n'y est pour rien, mais je m'en fous. J'ai mal, terriblement mal. J'ai l'impression que de l'acide coule dans mes veines ou qu'un tison ardent est plongé dans mon estomac. J'avais oublié à quel point l'amour fait souffrir. Et je comprends pourquoi je m'y suis refusé toutes ces années.

– C'est vous, n'est-ce pas ? me demande-t-il soudain en plissant les yeux.

– Moi quoi ?

– L'homme qui n'a pas réussi à la combler ?

Je n'arrive pas à croire ce que j'entends. Je dévisage l'homme devant moi et je n'ai qu'une envie : lui en mettre une. Mais au fond de moi, je sais qu'il n'a pas tort. J'attrape mon sac gisant sur le sol et quitte le bâtiment, ivre de rage. Mon cœur vient de se briser en mille morceaux, encore. Je suis en colère contre April qui ne m'a pas attendu, en colère contre moi-même qui ai attendu si longtemps, en colère contre le destin qui me l'a fait rencontrer et en colère contre la vie qui me l'a enlevée.

Il me reste une petite chance. Je récupère mon téléphone dans ma poche et compose son numéro. Mon rythme cardiaque s'accélère et j'ignore ce que je vais lui dire quand elle décrochera. Mais au moment où la sonnerie devrait normalement retentir, un son étrange m'arrive jusqu'au tympan, suivi d'une voix métallique :

– Le numéro composé n'est plus attribué.

Je laisse retomber mon bras lentement. Cette fois, c'est terminé. April est partie. Elle a préféré quitter les États-Unis plutôt que de vivre dans la même ville que moi. Des larmes s'agglutinent sous mes paupières alors que je tente de ravaler ma colère et ma souffrance.

Plus jamais je n'aimerai. Cette fois, tout est fini.

28

Matt
Deux mois et demi plus tard

– Bonne fête nationale, s'écrie ma mère en me voyant passer la porte de leur maison.

Oui, elle affectionne aussi Pâques, la fête nationale, Thanksgiving, Noël, la fête des Mères, celle des Pères et même celle des Grands-mères. Bref, toutes les occasions où les familles sont censées se réunir.

Maman porte une tenue rouge, blanc et bleu et de petits drapeaux sont accrochés aux fenêtres de la maison. Personne ne peut les voir à part nous, mais peu lui importe. C'est l'ambiance qui compte pour elle.

– Merci. Toi aussi, maman, lui dis-je en l'embrassant sur la joue.

Elle sent le jasmin comme quand j'étais enfant et je m'imprègne de ce parfum si apaisant. Lisa, Jeff et les jumeaux sont déjà arrivés. Je ne les ai pas vus depuis plusieurs mois. Depuis…

Je préfère ne pas y repenser.

Je refuse systématiquement de voir du monde, je ne sors pas, rentre tard, travaille beaucoup, mais j'exclus désormais les séminaires. Le dernier a encore un goût trop amer.

Alors que je m'avance dans le salon pour dire bonjour, je vois les jumeaux se mettre debout et venir dans ma direction. C'est la première fois que je les vois marcher. Je me sens soudain très fier et ému. Je m'accroupis devant eux alors qu'ils se jettent dans mes bras. Un sentiment de bonheur et de nostalgie s'empare de moi. Pour la première fois, je ne rejette pas ces deux petits anges et les serre fort contre moi. Depuis qu'ils sont venus passer une nuit à la maison, cette fameuse nuit où… Bref, depuis ce soir-là, j'ai décidé qu'ils n'avaient pas à subir les conséquences de mes peurs. Je les serre fort dans mes bras et les embrasse sur le haut de leurs petites têtes blondes. En relevant la tête, je m'aperçois que Lisa et maman ont les larmes aux yeux. Je ferme les miens et profite encore un moment de ce câlin si inattendu, mais tellement naturel. Même si mon cœur se serre à l'idée que je n'aurai sûrement jamais d'enfant, je suis heureux d'être tonton.

Puis je finis par les prendre dans mes bras et me relève avec eux. Ils gazouillent, rigolent, babillent, et je souris. Je crois même que j'en suis aussi surpris qu'eux, car ils me dévisagent avec étonnement. Cela fait tellement longtemps que je n'ai pas souri.

– Depuis quand marchent-ils ? demandé-je à ma sœur en lui déposant Amy dans les bras.

– Depuis une semaine. Je voulais te faire la surprise aujourd'hui.

Je souris largement. Cette histoire avec April m'aura au moins ouvert les yeux sur le bonheur d'avoir un neveu et une nièce.

Je tends Jacob à ma mère et m'éclipse un instant pour me laver les mains. Quand j'arrive dans la salle de bains, mon estomac se contracte douloureusement. Je m'arrête et parcours la pièce du regard. Tout est encore tellement frais dans mon esprit. La dernière fois que je suis venu ici, c'était avec April. J'ai refusé l'invitation de mes parents pour Pâques, celles pour la fête des Mères, des Pères et des Grands-mères. Mais après un message fort convaincant de ma sœur, j'ai enfin consenti à sortir de ma tanière pour venir aujourd'hui. Je ferme les yeux, serre les mâchoires et des effluves de vanille me reviennent en mémoire. J'inspire profondément.

Il faut vraiment que je me la sorte de la tête et du cœur.

Je me lave les mains et retourne dans le salon. Grand-mère n'est pas là. Maman a enfin consenti à la placer dans une maison de retraite. Cela commençait à devenir très difficile pour elles deux. Finalement, maman avait sans doute raison : cette Saint-Valentin aura sûrement été sa dernière.

Aujourd'hui, ce n'est pas un repas à table, car il y a des festivités à la télévision que mon père ne veut pas rater. Du coup, maman a préparé un buffet où nous piochons allègrement. J'attrape une bière et une assiette en carton sur laquelle je dispose quelques morceaux de quiche, de cake aux olives et quelques tranches de bacon grillé.

La discussion s'anime pendant qu'un défilé militaire est diffusé. Nous parlons de la santé de Jeff et de ses vacances forcées. Il s'est découvert une passion pour les bonsaïs japonais. Une lubie qui l'apaise beaucoup, mais qui, au grand dam de ma sœur, prend beaucoup de place dans l'appartement devenu une véritable jardinerie. Mais je le trouve très détendu. Il ne regrette pas d'avoir fait ce malaise, qui lui a permis de prendre conscience des priorités de la vie. Il me conseille même de réfléchir à la question. Je ne vois pas pourquoi. Tout va très bien.

L'après-midi avance et je fais mon maximum pour être attentif. Mais force est de constater que mon esprit est ailleurs. Au bout d'un moment, Lisa et maman le remarquent.

– Tout va bien, mon chéri ? me demande maman.

– Oui, très bien, mens-je.

– Alors, ta tête morose et ton repli sur toi-même depuis quelques semaines n'ont rien à voir avec ta rupture avec April ? m'interroge Lisa, curieuse.

Je m'attendais à ce qu'elles l'évoquent, mais je ne pensais pas que cela serait aussi douloureux. Je ne réponds rien et préfère avaler une gorgée de bière en haussant les épaules.

– Bon sang, mais que s'est-il passé ? s'étonne ma sœur. Je veux dire, vous étiez fous l'un de l'autre. C'était flagrant. Un amour aussi vrai, aussi fort, je ne comprends pas.

– C'est comme ça, c'est la vie, dis-je simplement. Il faut croire que notre amour n'était pas aussi authentique que tu le pensais.

Je décide de retourner vers le buffet pour manger quelques biscuits que maman a faits, mais surtout pour échapper à un interrogatoire dont je me passerais bien. Derrière moi, la télévision est allumée et j'entends les pubs défiler. Au moment où je croque dans un biscuit à la cannelle – mes préférés –, une voix familière me fait sursauter le cœur. Je manque de m'étouffer et mon rythme cardiaque s'accélère.

– Ce n'est pas parce que je n'ai pas encore 30 ans que je n'ai pas de problème de sécheresse vaginale. Avant, c'était… aïe… ouille… désagréable quoi. Mais… maintenant avec Lubridoux, tout est… plus doux.

Je me retourne et découvre, le cœur battant et le souffle court, April sur le grand écran du salon. Je crois défaillir.

C'est quoi ce bordel ?!

– Mais ce n'est pas… commence maman.

– On dirait… continue Lisa.

– Aaaaaaargh, s'écrient les jumeaux en montrant l'écran du doigt.

– April, soufflé-je, tremblant.

Pourquoi fait-elle une publicité pour du lubrifiant vaginal ? Je ne comprends rien. Qu'est-ce que ça veut dire ? Qu'est-ce qui se passe ?

Je déglutis difficilement, peinant à me remettre de mes émotions, alors que toutes les têtes de la famille se tournent vers moi, y compris celle des jumeaux.

– Que fait-elle à la télévision ? me demande mon père.

– Aucune idée.

– Tu étais au courant ? renchérit Jeff.

– Absolument pas.

– Pourquoi une architecte tourne-t-elle dans des publicités pour du lubrifiant vaginal ? demande ma mère.

Lisa me jette un œil et semble comprendre quelques secondes avant moi.

– Je crois qu'April n'est pas architecte... en conclut-elle.

Je suis perdu, stupéfait. April m'aurait-elle menti sur son métier ? Pourquoi ? En avait-elle honte ? Je repense à mes remarques sur le métier de sa meilleure amie et soudain tout s'éclaire.

Je ne suis qu'un abruti.

– Je n'en ai aucune idée. Je suis aussi surpris que vous.

– Mais comment ça, tu es surpris ? s'écrie ma mère. Tu es resté avec cette femme un an et tu ne sais pas si elle est architecte ou comédienne ?

Ils me tombent tous dessus comme si je pouvais avoir toutes les réponses à leurs questions. Mais personne ne semble prendre en compte le choc émotionnel que je viens de subir. Je n'avais plus entendu parler d'April depuis des semaines et voilà qu'elle vient de s'inviter dans le salon de mes parents à travers l'écran plat.

Je prends une profonde inspiration. Je pense qu'il est temps de leur dire la vérité. J'en ai marre d'avoir à mentir ou à trouver des excuses bidon pour une rupture fictive.

– Je vous ai menti, dis-je alors. Je n'ai rencontré April que la veille de la Saint-Valentin et je lui ai proposé de m'accompagner chez vous le lendemain. Nous n'étions pas en couple. Nous ne l'avons jamais été.

Ma mère me dévisage sans sembler comprendre ce que je viens de dire.

– Mais… c'est impossible, réussit à articuler Lisa. Je veux dire, votre complicité, cette tension qui émanait de vous deux dès que vos regards s'accrochaient… Tout ça n'était pas faux.

Elle me lance un regard étonné et je ne dis rien.

– Mais enfin… le dîner que nous avons fait chez vous… lui aussi était faux?

Je hoche la tête péniblement. Je me sens coupable de leur avoir menti.

Si April est bien comédienne, ce que je commence à comprendre, je me rends compte que ce rôle était sur mesure pour elle.

Le regard incrédule que me lancent ma mère et Lisa me force à tout leur expliquer en détail. Mon père a délaissé son programme pour tenter de comprendre ce qui a pu me passer par la tête pour inventer une telle histoire.

– Vous me mettez une pression de fou depuis que mon histoire avec Sophie est terminée. J'en ai eu marre, dis-je, lassé.

– Mon Dieu, mon chéri, je suis tellement désolée. Je pensais bien faire. C'était il y a plus de cinq ans. Je croyais que tu étais passé à autre chose.

– Non, maman. Je n'ai jamais réussi. J'ai préféré repousser l'amour plutôt que de souffrir à nouveau.

Je prends une nouvelle grande inspiration.

– Je n'ai jamais pu envisager ma vie avec une autre femme… jusqu'à April.

Les yeux de ma mère se mettent à briller.

– Mais alors, pourquoi l'as-tu laissée partir ? s'exclame Lisa.

– J'ai appris son départ le jour où j'ai enfin compris que je l'aimais.

– Et tu n'as pas cherché à la joindre ou à la retrouver ?

– Son numéro n'est plus attribué, dis-je tristement.

Je baisse la tête. Conscient d'être un véritable abruti.

– Tu l'aimes ? me demande doucement ma mère.

– Oui.

– Tu n'as jamais aimé une autre femme depuis Sophie ?

– Je crois qu'en fait, je n'ai jamais aimé personne d'autre qu'April. Sophie était mon premier amour et je pensais sincèrement que j'allais faire ma vie avec elle, mais à aucun moment je n'ai ressenti ce que je ressens pour April. Tout était si fort, si intense avec elle.

Une boule se loge dans ma gorge, m'empêchant d'en dire plus.

– Mais alors, qu'est-ce que tu fais encore là ? demande Lisa.

– Comment ça ? Qu'est-ce que tu veux que je fasse ? Que je débarque à Londres et que je sonne à toutes les portes pour la trouver ? Je ne connais même pas son nom de famille ! dis-je, soudain énervé.

J'avais tiré un trait sur April et voilà que tout ressurgit, me faisant remettre en question de douloureuses décisions. Je n'étais pas préparé à ça. Lisa attrape son téléphone et pianote quelque chose, puis relève la tête vers moi à peine une minute plus tard.

– Elle s'appelle April Watson.

– Quoi ? dis-je, remué et ému en découvrant son nom de famille. Comment... ?

– Rien de bien compliqué. On trouve tout sur Google, y compris le nom de la comédienne qui vante les mérites de Lubridoux.

Cette information me laisse sans voix. Que suis-je censé en faire ? Je ne bouge pas, pétrifié. Puis Lisa se remet à pianoter autre chose sur son téléphone.

– Aux dernières nouvelles, elle a intégré une troupe de théâtre à Londres et ils donnent la dernière représentation de leur spectacle demain soir au London Palladium, dit-elle en relevant à nouveau la tête dans ma direction.

Tous les regards sont une fois de plus braqués sur moi. Je déglutis difficilement. Lisa me lance un regard du genre « Bah, qu'est-ce que tu attends? ». Tout se bouscule dans ma tête, et malgré des alertes rouges qui s'allument partout dans mon esprit, une lueur d'espoir commence à émerger du fin fond de mon cœur.

– Enfin, c'est insensé. Elle a sans doute refait sa vie… Et puis, je fais quoi? Je débarque la bouche en cœur et lui propose de revenir avec moi à Chicago? Non… vraiment… c'est…

Au fur et à mesure de ma tirade, mon rythme cardiaque s'est accéléré. L'idée de savoir où se trouve April m'électrise. Et si cette publicité était un nouveau coup du destin? Et si…

– Je dois la rejoindre! m'écrié-je subitement.

– Bien sûr que tu dois! Allez, on t'emmène à l'aéroport, déclare Lisa, tout excitée. Jeff, mets les enfants dans la voiture, je rassemble les affaires et on y va.

Un sourire s'étire sur mes lèvres. Vais-je vraiment partir à Londres pour tenter de retrouver April? L'idée, si folle il y a deux secondes, me paraît si évidente à présent. Je n'écoute plus cette voix dans ma tête qui se demande si tout ça va fonctionner, si ça en vaut la peine. Je n'ai plus peur de prendre des risques, plus peur de son rejet même. Plus rien ne compte que la retrouver.

Dix minutes plus tard, je me retrouve coincé entre les deux sièges auto des jumeaux, en direction de mon avenir, le cœur battant.

29

April

– Bon, vous êtes prêts pour la dernière? s'exclame Georges, le metteur en scène.

– Oui, crions-nous tous en chœur.

Cela fait deux mois que nous jouons, à guichets fermés, *Roméo et Juliette*. La plus célèbre et romantique des pièces de théâtre.

En arrivant à Londres, j'ai renoué avec le théâtre. Même si je garde une préférence pour le cinéma, il faut croire que la réciproque n'est pas vraie. Avec l'aide d'Andrew, qui est maintenant marié et père de deux enfants, j'ai pu intégrer une célèbre troupe de théâtre et réaliser mon rêve de jouer Juliette Capulet.

Ce soir, c'est la dernière. J'ignore encore ce que je vais faire après. Jen aimerait que je retourne aux États-Unis, mais je ne sais pas si je suis prête. Certes, quitter Chicago m'a fait du bien, revenir à Londres m'a apaisée, mais je ne suis pas certaine d'être encore assez forte pour prendre le risque de croiser Matt par hasard au détour d'une rue. Je me crois même capable de ne plus jamais mettre les pieds à Macy's.

Je chasse mon « ex » de mon esprit et me focalise sur ma prestation du soir. C'est la dernière et il y aura tout le gratin. Encore plus importante que la première, cette ultime représentation rassemble bon nombre de journalistes culturels, et si je veux pouvoir décrocher de nouveaux rôles, il faut que j'assure.

Les trois coups de bâton résonnent sur le plancher de la scène. Mon cœur s'accélère, mes mains tremblent, mais je n'ai pas le temps d'y penser. C'est à mon tour d'entrer sur scène.

Trois heures plus tard, et après un entracte nécessaire, alors que je gis sur scène après m'être donné la mort, les derniers mots résonnent à travers la grande salle de spectacle.

– « Cette matinée apporte avec elle une paix sinistre, le soleil se voile la face de douleur. Partons pour causer encore de ces tristes choses. Il y aura des graciés et des punis. Car jamais aventure ne fut plus douloureuse que celle de Juliette et de son Roméo. »

Le silence se fait et le rideau rouge tombe lourdement. Je pousse un profond soupir de soulagement et d'excitation alors que les applaudissements retentissent frénétiquement. Je me redresse et pars saluer le public comme il se doit. Je suis heureuse d'être revenue en Angleterre. Sans ça, je n'aurais jamais connu une telle exaltation, une telle fierté. Je suis émue d'être là ce soir, mais au fond de moi, je ressens toujours un petit pincement. C'est comme si je n'étais pas complète, pas entière.

Les lumières s'allument sur les spectateurs afin que nous puissions enfin nous rendre compte de leur nombre. Mes poumons se gonflent en voyant la salle bondée. Recevoir tant de marques de reconnaissance d'un coup me fait monter les larmes aux yeux. Cette fois, c'est fini. Peut-être qu'un jour, je rejouerai Juliette, mais pour le moment, il est temps que je la range dans un coin de mon esprit pour essayer de trouver de nouveaux projets.

Je me penche pour saluer une dernière fois. Alors que je me relève, mon cœur s'arrête. Mes jambes se mettent à trembler. Mon souffle se coupe. Mon corps tout entier entre en éruption.

Non...

Là, au premier rang, debout en train d'applaudir, le regard braqué sur moi, Matt.

Je reste immobile, pétrifiée, interdite. Mon esprit s'est mis sur off et il faut que mes collègues me tirent par la main pour que je réussisse enfin à quitter la scène, trop choquée pour le faire de mon propre chef.

Je n'ai pas réussi à sortir de la loge tout de suite. Incapable de me calmer, je subis, depuis maintenant un bon quart d'heure, une grosse crise où des insultes sortent de ma bouche par flots incessants. Mes collègues connaissent tous ma maladie et savent qu'il vaut mieux me laisser me calmer seule dans ces moments-là. Mais ce soir, ce n'est pas une crise comme d'habitude. J'attrape mon téléphone et compose le numéro de Jen. Je lui explique en deux mots la situation et elle se met à respirer calmement dans le combiné. Des larmes coulent silencieusement sur mes joues pendant que je reprends mes esprits. Ce n'est qu'après une bonne heure que je me décide à quitter ma loge. Je ne sais pas s'il est encore là et une infime partie de moi espère que non, car je serais incapable de me remettre d'une pareille émotion pour rien. Soudain, un doute s'installe. Peut-être ne m'a-t-il pas reconnue. Après tout, avec le maquillage et les costumes…

Je retiens mon souffle et relève la tête quand je franchis la porte de l'entrée des artistes. Le cœur battant, j'avance doucement. Matt m'attend. Je crois que je serais sortie deux heures plus tard qu'il aurait été au même endroit. Adossé à une barrière, le regard braqué dans ma direction. L'air que j'inspire profondément me brûle les poumons et mon cœur s'accélère. Que fait-il ici, bon sang? Tout se bouscule dans ma tête. Depuis quand est-il à Londres? Pourquoi? Est-il venu voir une pièce de théâtre au hasard? Que me veut-il? Pourquoi me lance-t-il ce regard de braise? Et pourquoi suis-je encore si chamboulée de le voir?

Il porte un Chino beige et un polo bleu marine. Il est encore plus beau que dans mes souvenirs. Je m'avance vers lui, les jambes tremblantes et le souffle court. Il me rejoint en quelques enjambées et me sourit. Nous restons un long moment immobiles, à nous regarder. Dois-je l'embrasser? Le prendre dans mes bras? Qu'attend-il de moi?

– Bonsoir, April, dit-il d'une voix sourde et émue.

– Bonsoir, Matt, arrivé-je avec difficulté à articuler. Qu'est-ce que…

– Tu étais incroyable, me coupe-t-il.

Je sens le rouge me monter aux joues, et malgré la pénombre, je sais que Matt s'en aperçoit, car une lueur brille dans son regard.

– Merci, dis-je timidement en enfonçant mes mains dans mes poches arrière.

Je me dandine d'un pied sur l'autre, intimidée comme toujours, et surtout ne sachant pas comment réagir face à son apparition.

– C'est fou qu'une architecte ait pu décrocher un premier rôle comme celui-là.

Mes poumons se vident d'un coup de tout l'oxygène qu'ils contenaient et je déglutis difficilement. Mes doigts commencent à gesticuler contre mes fesses. Je lui ai menti et je suis sûre qu'il est là pour me faire la leçon. Je me sens mal et coupable. Je baisse la tête, honteuse.

– Tu sais alors… en conclus-je sans mal.

– Oui.

– Depuis quand? demandé-je en relevant les yeux vers lui.

Ses yeux brillent de malice et un sourire en coin s'étire sur ses lèvres. Son regard océan me happe et m'emprisonne. Un frisson me parcourt alors qu'une vague de chaleur déferle en moi.

Il ne m'en veut peut-être pas finalement…

– Depuis hier, quand je t'ai vu dans une pub pour…

Je plonge mon visage entre mes mains, gênée, et nous explosons de rire tous les deux.

– Très jolie performance, là aussi. Même si je dois avouer que tu n'es pas la meilleure ambassadrice pour un lubrifiant vaginal.

Je relève la tête et ouvre la bouche, choquée et en même temps amusée par sa remarque. Une nouvelle fois, je bloque sur ses pupilles dilatées et ma respiration s'accélère.

– Quand on s'est rencontrés à Macy's, je t'ai dit que j'étais architecte sans réfléchir. Je ne pensais pas te revoir, alors je trouvais que ça sonnait mieux que comédienne ratée, dis-je en faisant une petite moue.

– Et ensuite, j'ai tenu des propos désobligeants sur le métier de ton amie. Ton métier. Alors je comprends que tu n'aies rien dit.

Je hausse les épaules pour lui indiquer que ce n'est pas grave.

– Ce fut une succession de non-dits, conclut-il d'une voix sourde.

Mon cœur fait une embardée et je plonge mon regard dans le sien.

Est-il simplement en train de parler de mon métier?

– Pourquoi es-tu ici? demandé-je enfin après plusieurs secondes.

– Je voulais te parler.

– Pourquoi maintenant?

– Il y a deux mois et demi, je suis allé te voir dans ton ancien appartement de Chicago. Le concierge m'a dit que tu venais de partir pour Londres. J'ai essayé de t'appeler, mais ton téléphone était coupé. Je me suis dit que tu ne voulais plus entendre parler de moi.

– Et qu'est-ce qui te fait croire que ce n'est plus le cas aujourd'hui? demandé-je le cœur battant.

Ma phrase est un peu abrupte. Il inspire profondément et plonge, à son tour, ses mains dans ses poches.

– Je n'en sais rien et ça m'est égal, dit-il d'une voix posée et déterminée. April... j'ai tout fait pour essayer de t'oublier mais... la vérité, c'est que... quand j'ai entendu ta voix hier à la télévision chez mes parents, je me suis rendu compte que ce n'était pas le cas. J'ai alors tout raconté à ma famille.

Son aveu m'étonne et me réchauffe le cœur. Il a osé dire la vérité à propos de nous, et dans un sens, je suis soulagée.

– Après une longue discussion, Lisa a trouvé ton nom sur Internet, et la suite, tu la connais.

Je retiens mon souffle et mon cœur cogne dans mes tympans. Je ne comprends pas bien où il veut en venir, ou alors je ne comprends que trop bien. Ce qu'il s'apprête à ajouter me terrifie.

– April... commence-t-il péniblement. J'ai peut-être fait une connerie en venant, tu as peut-être refait ta vie, et ce serait normal. Mais je ne pouvais pas passer une journée de plus sans que tu saches que je n'arrive pas à t'oublier. Tu hantes mes jours et mes nuits. Je pense à toi à chaque minute de mon existence. J'ai compris qu'avec toi je n'aurais plus peur d'aimer. Que tu sois architecte ou comédienne n'y changera rien. Je veux passer ma vie à tes côtés, avoir des enfants avec toi, te faire confiance et te confier ma vie et mon avenir.

J'ai l'impression de recevoir une dalle de béton sur la tête. J'ai le tournis tout à coup et je ne sais plus si je suis en train de rêver ou si tout ceci est bien réel. Matt m'aime et il vient de traverser tout l'Atlantique pour venir me le dire au risque de se faire rejeter. Un nœud se forme dans ma gorge et mes poignets se mettent à battre l'air autour de moi. Je n'arrive pas à contenir mon émotion. J'ai tellement espéré ce moment, mais je ne m'attendais pas à être aussi troublée.

– Pu... tain... m'écrié-je sans arriver à me retenir.

Matt m'attrape les poignets et les plaque contre son torse, qui monte et qui descend à un rythme effréné. Je sens son cœur battre sous mes paumes, et la chaleur de son corps se répand dans le mien. Son parfum, celui que je ne cesse de respirer tous les jours depuis que j'en ai acheté un flacon, m'enivre et m'excite les sens.

Les larmes me montent aux yeux et je tremble de tous les côtés. J'ai l'impression que mon cœur va exploser.

– S'il te plaît, April, dis-moi que ce « Putain » est positif et que je n'arrive pas trop tard.

Je ne retiens pas les larmes qui roulent sur mes joues alors qu'un sourire se dessine sur mes lèvres. Le visage de Matt se détend brusquement et une lueur brille dans ses yeux. Il semble encore méfiant, comme s'il avait peur de mal interpréter mon sourire.

– Mieux vaut tard que jamais, lui dis-je en riant doucement.

Dans un élan de fougue, il parcourt les quelques centimètres qui nous séparent et plaque sa bouche chaude sur la mienne. Un gémissement m'échappe à la seconde où sa langue se fraie un passage entre mes lèvres et vient retrouver la mienne. Mon cœur explose, les larmes dévalent toujours mes joues. La joie me transporte quand il passe ses bras autour de ma taille et qu'il me soulève contre lui.

Si on m'avait dit ce matin que ma dernière représentation signerait le début d'un nouvel avenir, je ne l'aurais pas cru une seconde. Un désir fou déferle alors en moi quand je perçois ses mains m'encercler et que son parfum m'étourdit. J'ai très envie de lui. C'est comme une urgence vitale de sentir son corps contre le mien, son souffle sur moi, son être tout entier en moi. J'accentue notre baiser et je le sens se tendre contre ma hanche. Il pousse un grognement guttural, ce qui ne fait que décupler mon appétit. Nous pourrions attendre d'être chez moi pour nous aimer passionnément, mais quand je pense au trajet en métro, puis à la dizaine de minutes de marche, ce n'est pas possible. Je ne tiendrai jamais jusque-là.

– Viens, lui dis-je en le prenant par la main.

Je l'entraîne à ma suite et rentre précipitamment dans les coulisses, vides à cette heure avancée de la nuit. La porte aussitôt refermée, Matt me plaque contre le mur et devient presque brutal. Ses mains remontent sur ma poitrine, caressant mes seins à travers le tissu. Sa bouche descend sous mon oreille et sa langue trace des sillons jusqu'à ma clavicule. Je gémis et plaque mon corps contre le sien. Une vague de chaleur m'enveloppe. Je reprends possession de sa bouche et recule avec lui en direction de ma loge. Je m'attelle à déboutonner son pantalon et il fait passer mon haut par-dessus ma tête.

– Elle est encore loin ta loge? me demande-t-il dans un souffle.

Ma tête se met à tourner très vite. Ses mains englobent mes seins qu'il vient de libérer de leur enveloppe de dentelle. Un nouveau gémissement s'échappe de ma gorge pour simple réponse. Soudain, je trébuche et tombe sur les marches qui montent jusqu'à la scène. Matt me surplombe et je sais à ce moment-là que nous n'atteindrons jamais ma loge.

D'un geste rapide, il retire son tee-shirt qui atterrit par terre, non loin de mon haut et de mon soutien-gorge.

Quelqu'un pourrait débarquer à tout moment, mais ça m'est égal. La vision que j'ai devant moi est trop hypnotisante et enivrante. Les pupilles de Matt sont dilatées et un voile floute son regard. Il semble possédé. Il se jette sur moi, m'encadrant de ses bras, et m'embrasse avec fièvre. Puis il descend sur ma poitrine et je rejette la tête en arrière. Ses mains habiles se précipitent sur mon pantalon qu'il me retire sans attendre. Mes cuisses s'écartent pour le laisser m'approcher d'encore plus près. Sa main me caresse, ses doigts m'explorent, sa langue me goûte. Ma respiration se saccade de plus en plus. Très rapidement, un premier orgasme m'emporte et me délivre d'une souffrance et d'une frustration trop longtemps retenues.

– Mon Dieu que c'est bon ! m'écrié-je.

Il remonte le long de mon corps et son regard semble fiévreux. Je me hisse sur le parquet de la scène, pour ne plus avoir la contremarche qui me meurtrit le dos. Matt s'avance vers moi, me surplombant toujours. Il se débarrasse de son pantalon et je l'observe faire. Je sens une nouvelle vague de désir déferler en moi devant son corps nu et fièrement dressé pour moi. Je me relève sur les genoux et attrape sa queue que je fais coulisser dans ma main. Puis, sans attendre, je le prends dans ma bouche avec gourmandise. Un grognement animal s'échappe de sa poitrine et m'excite davantage. J'ai envie de le goûter, de le savourer. Je l'aspire et le lèche avidement. Ses bourses dans une main, je maintiens la base de son sexe de l'autre main avant de faire tourner ma langue autour de son gland qui gonfle de plus en plus. Je relève les yeux vers Matt qui n'a pas cessé de m'observer. Il m'attrape alors les cheveux et me maintient avant de s'enfoncer un peu plus profondément dans ma bouche. C'est si bestial comme baise. Je n'en ai pas l'habitude, mais j'adore ça. Des veines se mettent à gonfler sur ses avant-bras et sur son bas-ventre. Son corps est tendu et je continue de l'aspirer en creusant mes joues au maximum.

– Putain, April…

Je ne veux pas qu'il jouisse comme ça. Je veux le sentir en moi, mais je continue de le sucer encore quelques secondes avant de me retirer. Je m'aperçois alors que je n'ai pas de capote à proximité et il semble lire dans mes pensées.

– Je n'ai couché avec personne depuis toi, me dit-il.

– Moi non plus. Je te fais confiance. J'ai envie de te sentir en moi, pleinement et sans barrière.

Une lueur traverse le regard de Matt qui m'attrape alors par les fesses et me soulève pour venir m'empaler sur sa queue. Nos bouches se retrouvent au moment où il me pénètre et sa langue s'enroule autour de la mienne alors qu'un cri m'étouffe. Bon sang, c'est encore mieux que dans mes souvenirs. À la force de ses bras, il me soulève et me rabaisse sur son membre. Je sens le plaisir décupler à chaque coup de reins. Je m'agrippe alors au rideau rouge de la scène et me cambre en arrière. Les mains sur mes hanches, Matt redouble de force et de vigueur. Son bassin claque contre le mien. Ses bourses martèlent mes fesses. Sa bite me pénètre avec précision. Je sens l'orgasme monter à nouveau. Je resserre mes doigts autour du tissu en velours. Puis, dans un dernier coup de reins, Matt nous envoie au septième ciel pour toucher les étoiles. Je pousse un cri de plaisir et arrache le rideau qui s'effondre à nos pieds dans un bruit sourd. Épuisés, nous nous écroulons dessus.

Notre respiration tarde à reprendre un rythme normal et je crois que je mets quelques minutes supplémentaires pour prendre conscience de ce qui vient de se passer. Nous sommes étendus, luisants de sueur, épuisés.

– Bon sang, Matt…

– C'est ce qui s'appelle « grimper aux rideaux »…

J'éclate alors de rire et un fou rire m'emporte quand je me rends compte que je viens de ruiner la scène sur laquelle j'ai joué Roméo et Juliette pendant deux mois.

– Et sinon, ta loge était loin?

– Non, juste là, dis-je en désignant une porte devant nous.

Matt rit à son tour et l'écho de notre bonheur se répercute dans la salle. Soudain, Matt se tourne vers moi et me fixe de son regard bleu océan. Il arrête de rire et ses yeux s'illuminent brusquement. La façon qu'il a de me regarder m'ensorcelle. Plusieurs secondes s'écoulent pendant lesquelles j'ai l'impression que le monde ne tourne plus que pour nous.

– Je t'aime, April, me dit-il alors.

Sa déclaration provoque un tsunami d'émotions en moi. De la joie difficilement gérable, de l'adrénaline qui pulse dans tous mes membres, de la peur, un peu, mais surtout de l'amour à l'état pur.

– Je t'aime aussi, Matt. Si tu savais comme je t'aime.

Je plaque ma bouche contre la sienne avec empressement. De nouvelles larmes jaillissent de mes yeux et viennent mouiller nos joues. Je crois que je peux dire que Juliette a enfin retrouvé son Roméo.

ÉPILOGUE

April
Trois ans plus tard

À mon retour à Chicago, je me suis installée chez Matt et c'est devenu chez nous. Je l'ai traîné dans plusieurs magasins de meubles pour qu'on en choisisse ensemble et il s'est découvert une véritable passion pour la décoration intérieure.

Sa famille est devenue quasiment la mienne. Mes parents sont venus plusieurs fois nous voir et la rencontre entre les Watson et les Green s'est très bien passée. Je suis très proche de Lisa, que je vois régulièrement, et les jumeaux ont fait leur première rentrée cette année. Matt est devenu un tonton gâteux, il ne rate jamais une occasion de leur faire des cadeaux. Il connaît d'ailleurs, maintenant, bien mieux que moi le rayon jouets de Macy's où je continue d'aller régulièrement. La seule différence, et pas des moindres, c'est qu'aujourd'hui je peux m'acheter ce que je veux et ne plus simplement rêver de le faire.

Jen est devenue un personnage régulier et très apprécié de *Chicago Fire*. Elle participe à plusieurs conventions par an et cartonne. Aaron n'est plus jaloux depuis longtemps. Après avoir négocié l'emménagement avec elle à ses débuts dans la série, il a fini par la demander en mariage. Leur union a eu lieu l'an dernier. Ils prévoient d'avoir des enfants, mais je pense que Jen n'est pas encore tout à fait prête.

Matt travaille beaucoup moins qu'avant. Même s'il est toujours passionné par son métier, il s'octroie des jours de congé et de récupération pour passer du temps avec moi quand je ne suis pas en déplacement pour les tournages. Car oui, depuis mon retour et surtout grâce aux éloges sur *Roméo et Juliette*, Gertrude a réussi à me décrocher le rôle principal d'une nouvelle série sur Netflix. Il n'est pas question de l'Angleterre au XIXe siècle avec un certain duc de Hastings – dommage ! –, mais plutôt de la Nouvelle-Angleterre au XVIIe siècle, au temps de la sorcellerie. La série cartonne et je suis très fière d'interpréter le rôle de Morgane, l'une des dernières descendantes des sorcières de Salem. À ma grande surprise, Matt a accepté sans problème que mon personnage puisse avoir des relations amoureuses et, par conséquent, que j'embrasse – pour de faux – mes partenaires à l'écran. Il a tellement changé depuis que je le connais. Lisa et Betty me disent que c'est grâce à moi, ce qui me flatte terriblement, mais nous ne sommes jamais à l'abri d'un traumatisme du passé qui refait surface.

Je suis exténuée ce soir quand je rentre. Même si

nous tournons beaucoup de scènes en plateau, nous avons parfois besoin d'un décor en particulier et je reviens donc de deux semaines à Salem. Matt m'a manqué, comme à chaque fois que je pars quelques jours, et j'ai hâte de le revoir et de le serrer dans mes bras, même si ce que j'ai à lui annoncer ce soir risque de changer nos vies à jamais.

C'est donc stressée et angoissée que je pousse la porte de l'appartement. Du blues résonne entre les murs et une bonne odeur de nourriture arrive jusqu'à moi. Il a laissé tomber les traiteurs depuis longtemps et est même devenu un fin cordon-bleu. Je m'avance dans le salon et découvre l'homme de ma vie dans la cuisine, de dos, en train de s'affairer autour d'une casserole. Il ne m'a pas entendue arriver. Mon cœur se met à battre un peu plus vite et un peu plus fort dès que je le vois. Il porte un tee-shirt noir et un bas de jogging gris. C'est de loin ma tenue préférée, car je sais qu'il ne porte rien dessous. Cependant, une boule se forme dans ma gorge. Je m'avance discrètement derrière lui et passe mes bras autour de sa taille. Son corps se tend, il sursaute et grogne délicieusement quand il comprend. Mes mains tremblantes ont retrouvé le repos contre son torse. Il se retourne, diffusant dans son mouvement une vague de parfum qui me fait frissonner de la tête aux pieds. Matt me sourit et prend mon visage en coupe entre ses mains.

– Bonsoir, mon amour, me dit-il d'une voix chaude.

– Bonsoir, mon chéri, réponds-je en souriant timidement.

Puis, sans plus attendre, il pose ses lèvres charnues sur les miennes et me soulève sous les fesses pour m'asseoir sur le bar de la cuisine. Mon cœur s'emballe. À chaque fois, je me remémore la première fois qu'il l'a fait et ô combien j'avais aimé ça.

– Tu m'as manqué, dis-je en souriant contre sa bouche.

– Toi aussi.

Sa langue retrouve la mienne et la caresse tendrement, provoquant, comme d'habitude, une envolée de papillons au creux de mon ventre.

Puis il s'écarte, m'attrape à nouveau par la taille pour m'aider à redescendre. Mon Dieu qu'il est beau. Qu'est-ce que je peux aimer cet homme ! Malheureusement, c'est justement tout le problème du jour. Je l'aime tellement que j'ai peur de le perdre quand je vais lui annoncer ce que j'ai à lui dire. Je ne sais pas comment il va réagir, et clairement, je m'attends au pire.

Matt attrape deux verres et une bouteille de vin, puis m'entraîne derrière lui jusqu'au canapé. Nous nous installons et je fais mon possible pour cacher mon stress en plaçant mes mains entre mes jambes remontées sur le sofa. Matt remplit à moitié les verres et m'en tend un, avant de trinquer avec moi.

Il me sourit, totalement détendu et à mille lieues de

ce qui va lui tomber sur la tête dans quelques instants.

– Comment était le tournage ? me demande-t-il en avalant une gorgée de vin.

Je regarde mon verre et tripote le pied avec mes doigts tremblants. Je décide de le reposer sur la table basse pour éviter de repeindre les murs dans un geste brusque.

– Très bien, dis-je doucement.

– Quelque chose ne va pas ? s'inquiète-t-il alors.

Un frisson glacial me parcourt l'échine.

– En fait, commencé-je, les scénaristes vont devoir un peu modifier le scénario.

– Ah bon ? Pourquoi ?

– Bah, en fait… ils vont devoir…

Bon, allez, c'est le moment. De toute façon, il va falloir lui dire, il va bien finir par s'en rendre compte un jour ou l'autre.

Matt comprend que quelque chose cloche. Il pose à son tour son verre sur la table basse et attrape mes mains, qui commencent à s'agiter dans tous les sens, pour les plaquer contre lui en se rapprochant de moi.

– Tu m'inquiètes, dit-il.

J'inspire profondément, puis me lance.

– Ils vont devoir inclure une grossesse dans l'histoire.

Matt me regarde, sans vraiment comprendre, alors que tout l'air contenu dans mes poumons vient de s'échapper bruyamment.

– Ah bon ? Pour quel personnage ?

Bon sang, il est toujours aussi long à la détente !

– Le mien, dis-je en relevant la tête pour le fixer dans les yeux.

Je sais que l'annonce d'une grossesse va faire remonter de douloureux souvenirs à la surface, et quand je vois son visage se figer, je retiens ma respiration.

– Tu… commence-t-il difficilement. Tu es… enceinte ?

Il semble sonné et je le comprends. Ça nous est tombé dessus sans prévenir. On dit que la pilule contraceptive est efficace entre quatre-vingt-treize et quatre-vingt-dix-neuf virgule cinq pour cent. Nous sommes la preuve vivante que cette hypothèse est fondée. J'ai découvert que j'étais enceinte la semaine dernière après avoir été prise de violentes nausées. Je n'ai pas voulu le prévenir par téléphone.

Déjà que face à face, ça semble être difficile à encaisser, alors par téléphone, je n'ose imaginer…

– Oui, dis-je timidement.

Je ressens presque de la culpabilité d'être tombée enceinte sans que nous nous soyons mis d'accord pour avoir un enfant. Je ne voudrais pas qu'il pense que je l'ai piégé, ou pire… Soudain, tout se bouscule dans mon crâne et je rebaisse la tête.

– Et je peux t'assurer que tu es le père-père-père, ajouté-je, paniquée.

Mes mains se remettent à bouger contre son torse sous ses paumes devenues soudain très chaudes. Je relève la tête à nouveau vers lui et je constate qu'un large sourire s'étend sur ses lèvres et que ses yeux brillent d'émotion.

– Je vais être papa? demande-t-il en ayant du mal à le croire.

– Oui, confirmé-je. Mais si tu veux faire un test de paternité, je peux le comprendre. Je ne voudrais pas que tu croies que…

Matt se jette alors sur moi pour m'embrasser passionnément. Surprise, je ne réponds pas de suite à son baiser et je m'écarte doucement de lui pour le dévisager.

– Tu me crois? demandé-je en tremblant.

Matt éclate de rire.

– Je n'ai jamais douté de toi, à aucun moment, et je n'ai pas besoin d'un test de paternité pour te faire confiance, s'écrie-t-il. Je vais être papa! Papa! PAPA!

Je me mets à rire alors à mon tour. Cet homme me surprendra toujours. Sa réaction est à l'opposé de ce que j'avais imaginé.

Bon, OK, j'avais imaginé le pire scénario possible…

– Mon Dieu, April, nous allons avoir un bébé!

– Oui, je sais, dis-je en laissant des larmes de joie rouler sur mes joues.

– Nous allons former une famille! s'écrie-t-il à nouveau.

– Oui, répété-je, en prenant en pleine face son bonheur.

– Épouse-moi, dit-il soudain.

– Je te demande pardon?

Mon souffle se coupe.

– Épouse-moi, April. Je ne te demande pas en mariage parce que tu es enceinte, dit-il en s'agitant à son tour. Enfin, si un peu, mais pas complètement. Enfin non, pas du tout même. Je comptais te demander de m'épouser, mais…

Il s'emmêle les pinceaux; les mots arrivent et sortent de sa bouche à une vitesse effrénée. Ses mains se mettent à trembler et je les prends dans les miennes pour les bloquer contre ma poitrine. Je sens son pouls pulser contre mes pouces et mon cœur galope. Les rôles sont inversés. Il panique et je le calme. Il me regarde et ses yeux couleur azur brillent de mille étoiles.

– April, reprend-il beaucoup plus calmement. Je t'aime et j'aime déjà ce petit être qui grandit dans ton ventre. Je rêve de cette famille depuis le jour où j'ai accepté de laisser mon passé derrière moi. Tu ne pouvais pas me donner un plus beau cadeau que celui-là. Cet enfant portera mon nom et j'aimerais que tu le portes aussi. April Watson, acceptes-tu de devenir April Green et de former avec moi la plus belle des familles?

Un nœud s'est formé dans ma gorge et je crois que j'ai décroché quand il a dit qu'il aimait déjà notre enfant. Les larmes redoublent d'intensité, elles inondent à présent mes joues, laissant des traces de mascara couler jusqu'à mon menton. Je laisse échapper un petit cri et hoche la tête frénétiquement.

– Oui, Matt. Je veux devenir ta femme en plus de la mère de ton enfant. Je t'aime, je t'aime tant.

Ses lèvres s'abattent sur les miennes avec force et intensité et mes mains viennent s'agripper à son dos alors que mon cœur explose de joie.

Je suis au comble du bonheur. Rien de mieux ne pouvait nous arriver. Il ne reste plus qu'à prier le ciel pour que notre enfant ne présente pas le syndrome de Gilles de La Tourette. Mais quand bien même, je suis bien placée pour savoir que cela n'empêche pas d'être heureux et d'avoir une vie formidable.

Ensemble et dans l'amour, nous pourrons tout surmonter.

Fin

REMERCIEMENTS

Je voudrais commencer par remercier ma maison d'édition ainsi que mon éditrice Maud, qui a su m'accorder une nouvelle fois sa confiance. Quand j'ai commencé l'écriture il y a sept ans, je ne pensais jamais réussir à être éditée. Je l'espérais bien sûr, mais je n'imaginais pas à quel point cela changerait ma vie et mes envies. J'ai trouvé, dans cette équipe, de l'écoute et du respect, et c'est quelque chose de tellement rare qu'il est important de le souligner. Merci mille fois.

Merci à Clara pour ses corrections pointilleuses et ses propositions qui ont su faire ressortir le meilleur de ce roman.

Merci à Carole et à toute l'équipe Addictives.

Ensuite, bien entendu, je remercie ma famille sans qui je ne serais pas là. Mes parents, mon mari et mes filles qui me soutiennent à leur niveau. Même si elles ne comprennent pas tout encore, je sais qu'un jour elles sauront qu'il est possible de réaliser ses rêves et je ferai tout pour qu'elles y arrivent.

Merci à mes amies, toujours avides de découvrir mes nouvelles idées. Merci aussi à ceux qui me donnent des conseils. Il y a désormais certaines scènes auxquelles je réfléchis à deux reprises avant d'écrire.

Enfin, merci à vous, lecteurs, lectrices. Vous êtes de plus en plus nombreux à me suivre, à m'envoyer des messages, des commentaires, des avis, des chroniques. Je crois qu'il ne se passe pas une journée sans que je pense à l'un ou l'une d'entre vous. Vous faites partie de ma vie maintenant, pour le meilleur ou pour le pire!

Extrait

LA VIE EN VRAI

Emma Green

1

MORTE

Louve

Morte.

« T'es morte, Louve Larsson ! »

Je crois que c'était une menace, pas un ordre.

Mais si c'est vraiment ce qu'ils veulent…

« T'es morte ! »

Ce sera donc cette phrase-là, que j'aurai entendue en dernier. Les ultimes mots qu'on m'aura adressés. C'est plutôt ironique, à 17 ans, de se tuer comme ça, à une soirée, seule, frigorifiée, avec ces trois mots-là en boucle dans les oreilles, avec les fringues et les cheveux trempés, qui puent l'alcool et l'angoisse. Cette fête ressemble à tout sauf à une fête.

Un enfer.

Mon enfer.

« T'es morte, t'es morte, t'es morte ! »

Je ne sais plus si je ris ou si je pleure.

Je ne sais même plus qui m'a invitée à cette soirée du Nouvel An. Un de ces gosses de riches qui portent des costards avant même la majorité et viennent en voiture de luxe au lycée, une de ces garces au corps parfait qui se sont déjà payé une rhinoplastie, des seins tout neufs et une épilation laser pour régler ses problèmes de confiance en elle.

Des vrais problèmes, ils n'en ont pas. Pour fêter la nouvelle année, ils privatisent une piscine de Boston, invitent tous les terminale et se bourrent la gueule au champagne.

Qui fait ce genre de choses ?

Je ne sais pas. Je ne sais même plus pourquoi je suis venue. Comment ça aurait pu finir autrement ? Ils ont passé les quatre premiers mois de l'année à me harceler, m'insulter, me rabaisser, m'ignorer, m'humilier, au choix… Comment j'ai pu croire que ce serait différent ce soir ?

Je voulais juste essayer.

Je ne sais plus.

Mais tout ce que je sais, c'est qu'il faut que ça s'arrête.

Je pourrais appeler mon père… Je crois qu'il viendrait me chercher. Mais je lui dirais quoi ? Désolée, papa. Je me suis retrouvée enfermée dans une cabine de sauna. J'ai bu alors que je ne devais pas. J'ai pris un verre pour faire comme les autres et avoir un peu moins honte de moi. J'ai bu juste deux gorgées et puis j'ai trébuché et j'ai renversé mon verre sur quelqu'un, juste quelques gouttes sur son costume griffé, sa robe de soirée. Mais en retour, j'ai reçu un verre rempli en pleine tête, puis un seau entier, ils riaient, je ne l'ai pas supporté, je ne sais plus qui j'ai poussé, griffé, puis quelqu'un a crié : « Alors toi, t'es morte, Louve Larsson ! »

Donc j'ai couru me terrer ici, me mettre en boule, dans le premier refuge que j'ai trouvé, tout au fond de cette cabine de sauna, là, me tapir comme une proie en danger, dans le noir, sans bouger, pour que personne ne me voie pleurer, ne me voie mourir de peur et de froid, mourir d'avoir envie de mourir.

Et je ne peux plus me relever.

Je ne sais plus qui m'a enfermée. Moi toute seule ? Pourquoi je ne sors pas ? Qui est là ? Aidez-moi ! Laissez-moi… Je ne me souviens pas.

Morte.

Je ne suis pas sûre de vouloir mourir pour toujours.

Mais je ne sais plus comment continuer à vivre. Chaque jour.

Je pense à ma mère, à mon père, quand ils vont apprendre que je suis morte. À ma petite sœur qui ne se souviendra même pas de moi. Mais ils s'en remettront.

Moi pas.

Je vais le faire.

J'attrape mon sac, je pleure, je renifle, je vois flou, je ne pense plus, j'agis machinalement, je ne sais pas qui pilote, quelqu'un d'autre mais ce n'est plus moi, je dois déjà être morte. Plus rien ne peut m'arrêter. Entre les larmes, je suis mes ongles vernis de noir qui ouvrent la poche avant, mes doigts tremblants qui attrapent ces plaquettes de médocs, ceux que j'emmène partout avec moi, au cas où.

Là. C'est le bon cas.

J'arrête de pleurer et je fais sauter les petits comprimés blancs dans ma paume. Je vais le faire. Je vais vraiment le faire.

C'est tout ce qu'il me reste à faire.

Je lance les médocs dans ma bouche, deux par deux.

– Ça, c'est pour toi, Honor.

Trois par trois.

– Ceux-là sont pour toi, Alec.

Cinq par cinq.

– Pour Gideon.

Un peu plus, encore.

– Pour Sinaï.

Puis je vide toute la deuxième plaquette d'un coup pour gober une poignée entière.

– Et tout ça c'est pour toi, Lazare.

J'ai le cœur qui lâche.

« T'es morte, Louve Larsson ! »

Morte.

2

… OU PAS TOUT À FAIT

Louve

– Louve ?

– Louve, tu m'entends ?

– Ouvre les yeux, si tu peux.

– On est là, Louve, tout va bien.

– Ça va aller… Tout va s'arranger.

– Prends ton temps, ma Loupiote.

Je déteste ce surnom.

Je n'arrive pas à ouvrir les yeux. Je les entends pourtant, je les sens : des caresses sur mes mains, des baisers sur mon front, des soupirs près de mon oreille, des joues contre la mienne, des larmes qui gouttent un peu partout, mais je n'arrive pas à revenir.

Je sombre.

« Loupiote »… C'est forcément eux.

Il n'y a qu'eux deux pour continuer à m'appeler comme ça. J'ai 17 ans, bon sang.

Mon sang me fait mal.

Tout mon corps me fait mal. Ça brûle, ça démange, ça pique, ça pèse, ça déborde… Je repars. Je me rendors.

Je n'y arrive pas.

Est-ce que je suis vivante ou morte ? Ou un peu entre les deux ?

– Louve, on est là. Quand tu voudras, on sera là. Accroche-toi, ma fille. Ça va aller, je te le promets… Tu es plus forte que tu le crois, Loupiote.

Je n'entends plus que la voix de mon père. Basse, chaude, sûre. Je m'y accroche. Je cligne des yeux mais ils ne s'ouvrent pas, mes cils résistent comme des fils barbelés emmêlés. Je sens sa main qui serre la mienne, sa chaleur qui me fait du bien, son pouce qui caresse inlassablement la peau du dos de ma main, mécaniquement, infiniment, comme un doux métronome, comme le pouls que je n'ai plus.

Ou peut-être que si.

Si je sens, si j'entends… ? C'est peut-être que je suis encore un peu là.

« T'es morte ! » hurle une voix dans ma tête.

– Tu es vivante ! s'exclame un cri du cœur.

Je ne me sens ni l'un ni l'autre.

Je lutte de toutes mes forces et j'entrouvre enfin les paupières : j'aperçois la tête de mon père, à l'envers, ses yeux pleins d'eau, son sourire qui fend son visage en deux, puis ma mère qui surgit aussi, comme une lionne qui pousse un cri silencieux.

Qu'est-ce qu'elle me veut ?

J'ai mal dans tous les muscles, tous les os, tous les recoins de mon corps. La tête dans un étau. La bouche sèche et la gorge en feu. Je suis en nage mais j'ai des frissons plein la peau. Le cœur qui se soulève et la nausée qui me guette.

– Laissez-lui un peu d'espace.

D'autres visages valsent dans mon champ de vision, d'autres voix entrent dans mes oreilles en sifflant, une lumière aveuglante est braquée dans chacun de mes yeux, il y a des bips-bips qui me vrillent les tempes, des mots que je ne comprends pas, et des liens qui tiennent mes poignets. Je déteste ça.

– C'est pour ton bien, Louve, n'essaie pas de te débattre. On ne veut pas que tu te fasses encore du mal.

Je ne connais pas cette voix. Pas ces traits. Mais cette femme en blouse rose pâle penchée au-dessus de moi a le regard très doux, le sourire franc et des petits trucs verts coincés entre les dents. J'ai envie de lui dire mais je ne peux pas parler.

Et c'est là que je comprends.

Je suis dans une chambre d'hôpital, les mains attachées au montant du lit, un tube dans la bouche et des flashs plein la tête.

Quelques minutes vaseuses plus tard, on m'extube et je tousse à m'en déchirer la gorge, on me fait boire à la paille et on redresse mon lit en appuyant sur un bouton. Je ne peux rien faire moi-même, je suis comme un pantin, une poupée sans volonté dont on prend soin, je voudrais qu'on me demande avant, je voudrais qu'ils arrêtent de me toucher et de me sourire, je voudrais récupérer mon corps qui ne m'appartient plus, ma voix que j'ai perdue, qui ne sait plus comment sortir, je voudrais qu'ils me détachent et qu'ils me lâchent. De quoi ils ont peur, bon sang ? Que je les griffe ou que je me taille les veines avec mes ongles tellement rongés que même le vernis est parti ?

Un homme dans la même blouse rose bonbon m'explique qu'on va m'administrer un décontractant puis me laisser tranquille avec mes parents. Une petite tape sur la cuisse et il s'éclipse.

En fait, je crois que je ne veux pas qu'il parte.

Mon père pleure. Ma mère pleure.

– Oh, Louve, tu nous as fait tellement peur.

Mon père s'assied sur un tabouret près de mon lit et pose sa tête sur mes jambes, par-dessus le drap blanc, sans me quitter des yeux.

– Alors comme ça, tu veux mourir ? Mais tu veux me tuer ?!

Ma mère rugit et se rue sur moi pour me prendre par les épaules. Mon père bondit et la ceinture, l'éloigne, la calme :

– Tout doux, Léonore. Je sais ce que tu ressens, mais je ne suis pas certain que ce soit très… « décontractant ».

Il tente de nous faire rire toutes les deux mais je pleure et les larmes qui dévalent mes joues sont comme des lames de rasoir.

– Pardon, maman…

Je tente de bredouiller ces deux mots mais c'est à peine si le son sort. Et de toute façon, elle n'écoute pas. Ma lionne de mère n'a que de la colère pour moi.

– Tu as vraiment cru que la vie ne valait pas le coup d'être vécue ? Et qu'on avait besoin de ça, ton père et moi ? Quand la vie est dure, on se bat, Louve ! Quand on tombe, on se relève ! Quand on voit tout en noir, on court après la lumière ! J'avais le même âge que toi quand mon monde s'est écroulé et que j'ai failli mourir. Mais je me suis battue pour survivre, moi ! J'ai tout fait pour sortir de l'hosto, pas pour y entrer ! Quand on ne sait plus où trouver le bonheur, on cherche encore, au lieu de répandre le malheur autour de soi ! Est-ce que tu as seulement pensé à nous, avant de faire… ça ?

Ma mère ne peut même pas nommer ce que j'ai fait. Même pas prononcer le mot « suicide ». Un sanglot déchiré s'échappe de sa gueule ouverte et elle finit par lâcher dans un couinement :

– Il faut que j'aille voir ta sœur.

Elle quitte la pièce et je pousse un immense soupir. J'étais restée en apnée, tout ce temps, sans savoir si j'étais en droit de respirer.

Est-ce que je le mérite encore ?

D'autres larmes se déversent en cascade sur mes joues, je ne peux plus les arrêter. J'essaie de dire « pardon, papa », mais ma voix se noie. Mon père revient vers moi, détache les sangles qui retiennent mes poignets et me prend finalement dans ses bras. Longuement, je le laisse me bercer comme un bébé, je sanglote contre lui jusqu'à ce que sa présence réussisse à m'apaiser. Il finit par poser son front au sommet de mon crâne et chuchote dans mes cheveux :

– Ça va aller, Louve. Ta mère a juste besoin de temps, tu sais comment elle est. On t'a crue morte… C'est la douleur la plus impensable pour un parent, tu comprends ? Je sais que tu souffres aussi et je vais m'occuper de toi, ma Loupiote. Ne t'en fais pas pour maman, OK ? Je vais prendre soin de vous deux. Oh, Louve, on ne veut pas te perdre…

Mon père recule et ses yeux me semblent d'un bleu encore plus perçant, avec tout le rouge autour.

Il se rassied, attrape ma main entre les siennes.

– Qui t'a fait du mal ? Dis-le-moi. Dis-moi tout. Pourquoi tu as fait ça ? Tu dois tout me dire, je peux tout comprendre. Mais j'ai besoin que tu vives, tu entends ? Notre cercle, notre bulle, notre force… C'est toi, ta sœur, ta mère et moi. Sans toi, le cercle est brisé, la bulle éclate. On forme un tout, tous les quatre, pour toujours. Ne fais plus jamais ça, Louve, promets-moi, n'essaie plus jamais de mourir avant moi.

Un sanglot lui vole sa voix.

Je n'avais jamais vu mon père comme ça.

Je glisse doucement mon autre main sur le petit tas que forment tous nos doigts. Et on pleure tous les deux, en silence, si fort et si longtemps que je sombre encore.

Je me rendors.

***

Quand je rouvre les yeux, j'ai changé de chambre et apparemment de service. Les gens qui vont et viennent autour de moi ne portent plus du rose mais du bleu pâle. Sauf cette grande femme noire en blouse blanche qui se présente à moi, lunettes en demi-lunes portées au bout du nez, regard bien planté dans le mien, avec autant de douceur que de fermeté. Et autant de fils d'argent que de cheveux noirs dans son afro. Je n'arrive pas à lui donner d'âge. À savoir si je l'aime ou pas. Le Dr. Winfrey m'explique que je suis hospitalisée et le resterai aussi longtemps qu'*elle* le jugera nécessaire. Ce sera donc à elle et personne d'autre d'autoriser ma sortie.

Pour qui elle se prend ?

Une psychiatre.

Évidemment, comment je pouvais y échapper ?

– Si tu es d'accord, je vais faire le point avec toi sur les événements des derniers jours.

Qu'est-ce que ça change, que je sois d'accord ou non ?

– Louve, tu sais quelle est la date d'aujourd'hui ?

– Hmm… Le 1er janvier ?

– Non, tu as passé quarante-huit heures dans le coma.

– Alors le trois.

– Tu sais encore compter, me voilà rassurée, fait-elle mine de plaisanter.

– Je peux sortir, alors ?

La psy lève enfin les yeux de ses notes et me regarde par-dessus ses lunettes. Pour la première fois, elle sourit. Elle non plus, elle ne sait pas quoi penser de moi.

– J'aime ton sens de l'humour. Est-ce que tu as envie de recommencer ?

– De faire des blagues ou de me tuer ?

– Il va falloir que tu coopères, Louve, si tu as envie de sortir de cette chambre d'hôpital un jour.

– Est-ce que mes parents sont là ?

– Ta mère est repartie, je crois.

– Laissez-moi deviner… Ma petite sœur avait besoin d'elle.

– Tu as envie de parler de ça ?

– Non. Est-ce que je peux voir mon père ?

– Pas pour le moment. Mr. Larsson a remué ciel et terre pour que tu aies droit au chef de service, alors qu'un interne pouvait parfaitement faire ton évaluation. Et donc me voilà !

– Ça lui ressemble bien, soufflé-je. Alors c'est vous la cheffe, hein ?

– Pourquoi, il y a quelqu'un d'autre à qui tu préférerais parler ?

Je sais que c'est une question rhétorique, mais elle me fixe en haussant les sourcils, comme si elle me trouvait un peu trop présomptueuse, pour une gamine suicidaire. Je joue le jeu et réponds au premier degré, juste pour l'emmerder.

– En fait, oui.

– Je t'écoute, Louve.

– La femme en rose de l'autre service, celle qui a tout un champ d'épinards dans les dents. Il faut qu'elle fasse quelque chose. Et si personne ne se porte volontaire pour le lui dire…

La psy rit encore.

– Merci pour cet acte héroïque, Louve.

Quand est-ce qu'elle va arrêter de dire mon prénom à tout bout de champ ?

– Est-ce qu'on peut revenir à toi ? Où as-tu trouvé les médicaments que tu as avalés ?

– Pas compliqué : tout le monde en prend. Il suffit de se servir, non ?

Elle note mon sarcasme mais ne s'en offusque pas.

– Louve, peux-tu me dire si ton passage à l'acte était une pulsion ou quelque chose de préparé ?

– J'en sais rien… Un peu des deux, sans doute.

Elle tente une autre approche.

– Ton père semble être un homme très directif… un père très protecteur… Ta tentative de suicide pourrait être liée aux relations que vous entretenez, lui et toi ?

Une alarme retentit en moi. *Personne* n'a le droit de s'en prendre à mon père.

– Non. Il n'y est pour rien alors ne commencez pas à vous faire des films. C'est le père le plus aimant de l'univers. Il est fêlé, comme nous tous, donc parfaitement normal.

– Je vois.

Je ne sais pas ce qu'elle voit, mais elle griffonne. Je me mets à compter les fines rayures grises, comme de minuscules arbres centenaires, dans la forêt si dense et si sombre de ses cheveux crépus. Je me demande lesquels sont les plus nombreux. Ça doit être dur, de se voir passer du noir au gris comme si la mort se rapprochait sans vous demander votre avis.

Moi au moins, j'ai choisi.

Enfin, j'ai cru.

– Et ta mère… ?

– Ça n'a rien à voir avec elle non plus. Ma mère est comme elle est.

– Et c'est comment, « comme elle est », Louve ?

Je soupire. Je regarde par la fenêtre et je me mure dans le silence pour ne plus avoir à affronter le regard inquisiteur de la psy, sa bouche molle qui répète mon prénom comme si on se connaissait, ses questions incessantes, ses interprétations à la con et ses raccourcis pourris. Je ne supporte pas sa douceur et sa parfaite maîtrise d'elle-même, alors qu'elle me pousse à bout comme un flic buté qui cherche à tout prix à obtenir l'aveu d'un meurtre. En connaissant déjà la réponse.

Je plaide coupable, c'est moi qui ai essayé de la tuer.

Qui ? Moi-même.

Et alors ?

Je me perds dans mes pensées : à part mes parents, combien d'autres j'ai déçus et affolés ? Combien se sont inquiétés à mort pendant ces quarante-huit heures ? Probablement papy Georges, mon pauvre arrière-grand-père resté seul à Paris. Ma tante Willa, qui a toute la force de caractère que je n'ai pas. Sans doute ma petite sœur, Coco, même si elle ne comprend pas grand-chose à 18 mois. Peut-être même mon grand-père Karl, qui est mort subitement il y a deux ans et qui aurait sans doute préféré revenir d'entre les morts, *lui*. Et je ne parle même pas de ma grand-mère Judith, qui vit avec nous depuis qu'on est venus s'installer à Boston et qui a un avis sur tout – même si elle a surtout un grain et qu'elle est encore bien plus atteinte que moi.

– C'est peut-être juste héréditaire, fais-je en haussant les épaules. Ma grand-mère paternelle est dépressive, bipolaire, schizophrène et…

– J'ai lu ton dossier médical et je connais tous tes antécédents, Louve. C'est mon job de médecin. Ton rôle à toi, c'est de me parler de ce que tu ressens.

Non merci.

Et au lycée ? Qui va s'inquiéter pour moi ? Qui se demande où je suis passée, depuis cette fameuse soirée ?

Personne.

– Est-ce que vous avez mon portable quelque part ? Il doit être complètement déchargé.

– Tu as besoin de joindre quelqu'un en particulier ?

– Non. Surtout pas.

– Pourquoi tu dis ça ?

Encore un sourcil qui tente de me percer à jour. Je ferais mieux de continuer à me taire.

Après de longues minutes de silence, la psy craque la première :

– Si je n'ai rien à écrire dans ton évaluation, je devrai recommencer demain. Et le jour d'après. Et le suivant. Je pense que ni toi ni moi n'avons envie de perdre notre temps. Tu pourrais sortir d'ici un jour ou deux, si tu y mets du tien.

– OK, soupiré-je. J'ai volé les médocs de ma grand-mère : des anxiolytiques, des antidépresseurs, des somnifères. J'ai tout pris parce que je voulais que ça s'arrête.

– Que *quoi* s'arrête ?

– Rien. Tout. Cette fête. La vie.

– Et maintenant ?

Nouveau regard de la psychiatre qui essaie de sonder mon âme avec à peu près autant de subtilité que ma petite sœur qui plonge son doigt dans le pot de confiture ou l'œil de sa poupée.

Direct.

– Maintenant, cette fête est finie et je veux rentrer chez moi. Je ne recommencerai pas.

Enfin… je crois.

En vrai ? Aucune idée.

addictives

Rose Becker
Le Bébé, mon milliardaire et moi (aussi en poche)
Torride, sexy & dangereux
Dangerous

Aimée Bianca
B.O.S.S. Beau, Odieux, Sexy, Snob

Phoebe Campbell
Lui résister… ou pas

Mia Carre
Bad for You
Teach Me Everything
Charmant connard!

Mélodie Chavin
Campus Rules
Fucking Wedding
Coloc avec mon ennemi

Alexia Clemens
Red Python. Save Me

Sonia Eska
Ne me tente pas

Emma Green
Toi + Moi: L'un contre l'autre (aussi en poche)
Toi + Moi: Envers et contre tout (aussi en poche)
Toi + Moi: Seuls contre tous (aussi en poche)
Love Me if You Can
Kiss Me if You Can
Bliss. Le faux journal d'une vraie romantique
Jeux interdits
Jeux insolents
Jeux imprudents
Une toute dernière fois
Fallait pas me chercher! – volumes 1 et 2
Corps impatients (aussi en poche)
Cœurs insoumis (aussi en poche)
Âmes indociles (aussi en poche)
Cent facettes de Mr Diamonds
Bliss. Le faux journal d'une vraie romantique – l'intégrale
(Im)parfait (aussi en poche sous le titre *Fais-moi une place*)
It's Raining Love!
The Boy Next Room
Call Me Baby – l'intégrale
Call Me Bitch – l'intégrale
PS: Oublie-moi!
Fallait pas me chercher! – l'intégrale
Recherche coloc: emmerdeurs, râleurs, lovers… s'abstenir!
10 bonnes raisons de te détester!
Just 17
Love & Lies on Campus
Bien plus forte que toi!
If You Wanna Be My Lover…
The Boy on Fire
La Vie en vrai

Megan Harold
Breaking the Rules
Initiation with My Boss

Ludivine Hart
Arrogant & Tattooed

Amy Hopper
Gone Boy
Le Coloc

Charlie Lazlo
Mon insupportable boss

Sienna Lloyd
Mords-moi !

Caroline Mongas
Mariage forcé. Un contrat indécent

Zoé Murat
Boss Me Around (aussi en poche sous le titre *The New York Office*)

Lina Parker
Campus at Sea

Gaëlle Sage
Kiss, Kill & Ride
Lost Rider
Arrogant Rider

Ana Scott
Dark Ride
Last Ride
Vicious Ride
The Dominant
Evil Ride
Sensual Stepbrother
Un enfoiré mais un coup d'enfer !
Say Yes to the Boss
Le Meilleur Ami de mon frère

Camilla Simon
Le voisin parfait est un enfoiré
Initiation with My Enemy
Le mec parfait est un inconnu… ou presque !
Le rockeur parfait est insolent et tatoué

Liv Stone
Love Lessons (aussi en poche)

Lisa Swann
Adore-moi !

Louise Valmont
Campus Initiation
Mon insupportable voisin !

Chloe Wilkox
Extreme Lover
Immoral
Dominant Boss. Apprends-moi
The Virgin's Price

Luv

Ana K. Anderson
Indompté
Scottish Bastard

Sophie Auger
Be with Me

Sonia Birdy
L'Initiation
Touchdown. Campus Star

Laura Black
Dark Initiation
Games of Desire
H.A.R.D. Hot, Arrogant, Rebelle, Déterminé
Sulfurous Bad Boy
Italian Boss

Margot D. Bortoli
Too Young
Anne Cantore
Promets-moi. Louise et Marco

Sarina Cassint
Avec toi… peut-être
Insolent Boss

Romy Cole
Never Kiss a Soldier

Mary Ann Davis
Coach Me Love

Sarah Dheilm
Hot Reward
Elite Fighter

Gwen Delmas
Noël, toi & moi
Sex Friends. Pas de contraintes, que du plaisir !

Eugénie Dielens
Imprévisible boss
The Boss Next Door

Cléa Dorian & Ninon Vars
Dark Love

Laurie Eschard
Love Naked

Lil Evans
Boss Affair

Lou Garance
Can You Keep a Secret ?
Foutu coloc !

Alexandra Gonzalez
Shades of You

Erin Graham
Teach Me Love
The Boss
Secret Stepbrother
Strong Addiction
Coloc avec mon boss
The Initiation
Un boss dans mon chalet

Joh Harper
Crazy Love
Broken but Alive

Missy Heart
Dark Domination

Marie Hayle
Under Control
Lover Next Door

Ellie Jade
About Last Night

Emma S. James
Under the Rain

Sara June
Rider in the Dark
Sexy Wild Rider

Emily Jurius
Love to Hate You

Allie Krown
High School Challenge

Antinea Kane
In Love with My Enemy

Marion Laurent
Mr Alpha
I Want You in My Bed!
My Fake Boyfriend

Pauline Libersart
Tiger. Entre ses griffes

Nina Loren
Breaking the Ice
Teach Me Again. Impossible Desire

Ella Lores
Mariée par accident à un connard arrogant rencontré la veille…

My Best Enemy
Fucking King

Jessica Lumbroso
Emma X. Secrète et insoumise

Lili Malone
Coloc avec un inconnu

Mila Marelli
Dark Man in Love
Crazy Wedding

Mag Maury
My Hipster Christmas

Billie Morgan
Free Fighter

Aurore Nox
Foutu menteur !

Alix Parks
Never Kiss the Boss

Jeanne Pears
Insupportable coloc
Colocs & Sex Friends
H.O.T. Hypnotique, Obstiné, Ténébreux
The Most Insolent Man

Alexia Perkins
Arrogant Fake Lover

Sophie S. Pierucci
L'Inconnu de l'ascenseur & Moi (aussi en poche)
My Stepbrother. L'initiation

Silvia Reed
Darkest. La dernière heure
Too Close

Anita Rigins
No Rules
My Rules

J'aime pas Noël ni les voleurs de taxis !

Jana Rouze
Effet de vague – saisons 1, 2 et 3

Isla A. Rowley
Le coloc de mon frère

Ana Scott
À corps brisés

Adora Sky
Decadent Lover

Léana Soal
Fight & Hope

Cara Solak
Perfect Obsession

Izia Soley
Fauve
Initiation. On Your Skin

Liv Stone
Initie-moi. Mes jours contre tes nuits

Lena K. Summers
Perfect Bad Boy
Donovan, roi des connards

Kaly Swann
Austin. Breathe with Me

Fanny Twice
Burning First Love

Anna Wendell
Arrogant Bad Boy
Apprends-moi le désir
Colosse. Le maître du jeu
Break Your Chains

Mina Zadig
Just Sex & Tattoos
Arrogant Highlander

New adult addictives

Sonia Birdy
California High School

Mélodie Chavin
Stepbro' Next Door

Juliette Duval
Falling for my Stepbrother

Sianna Milano
High School Initiation

Isla A. Rowley
Toxic Games

addictives POCHE

Rose Becker
Le Bébé, mon milliardaire et moi (aussi en grand format)
Désirs & Désastres

Marjorie Burbaud
The Campus Teacher

Olivia Dean
À lui, corps et âme – volumes 1 et 2

Sonia Eska
My Last Chance

Lou Everly
Bad Boy Crush

Erin Graham
Nos amours contraires
Back to Campus

Emma Green
Seuls contre tous (aussi en grand format sous le titre *Toi + Moi : Seuls contre tous*)
L'un contre l'autre (aussi en grand format sous le titre *Toi + Moi : L'un contre l'autre*)
Envers et contre tout (aussi en grand format sous le titre *Toi + Moi : Envers et contre tout*)
Corps impatients (aussi en grand format)
Cœurs insoumis (aussi en grand format)
Âmes indociles (aussi en grand format)
Fais-moi une place (aussi en grand format sous le titre *(Im)parfait*)

Kim Grey
Fausse fiancée & vrais ennuis

Megan Harold
Sublime-moi !

Charlie Lazlo
Kiss Me I'm Famous
The Duke

Zoé Murat
The New York Office (aussi en grand format sous le titre *Boss Me Around*)

Jeanne Pears
Jamais avec mon coloc !

Sophie S. Pierucci
L'Inconnu de l'ascenseur & Moi (aussi en grand format)
Deep & Dark

Lise Robin
Forbidden Stepbrother

Liv Stone
Love Lessons (aussi en grand format)

Alexane Tolley
The Boss Rules

Chloe Wilkox
Your Game, My Rules

Si elle découvre qui il est, il la met en danger…

Entre Romain et Marine, c'est le coup de foudre. Passionnel, intense, immédiat. Le hic ? Romain n'est pas l'homme d'affaires qu'il prétend être. Les muscles et les cicatrices ne mentent pas ! Elle doit se rendre à l'évidence : il lui faut tirer un trait sur Romain et son sex-appeal irrésistible. Mais lorsqu'une unité d'élite reçoit pour mission d'assurer la protection de la meilleure amie de Marine, la surprise est de taille. Car derrière la cagoule de leur chef, elle croit reconnaître les yeux de l'homme qu'elle ne parvient pas à oublier…

Auteure : Marion Laurent

Edisource – Éditions Addictives
100, rue Petit, 75019 Paris
Imprimé par FINIDR – Lipova cp. 1965 – 73701 Cesky Tesin,
République tchèque
Dépôt légal : janvier 2023 – Achevé d'imprimer : décembre 2022
ISBN : 978-2-37126-539-4
Réf. contrat : ZATT_001